GERBERT D'ARCHAMBAULT

BÂTARD, MOINE ET VOLEUR

LA COLLECTION ORIGINALE | 19

DANS LA MÊME COLLECTION

Alexandre Glikine. *Igoumenitsa Blues.*

Alain Corbellari. *Petite histoire de la littérature médiévale.*

Étienne Barilier. *Exercices de style éroti-comiques.*

Étienne Barilier. *Don Juan malgré lui.*

Alice Bottarelli. *Ombeline et Rodogune.*

Matthieu Tarpin. *Hérésies.*

Alexandre Glikine. *Richter 6.5.*

Étienne Barilier. *Rosina.*

François Félix. *Débandade de l'ange gardien.*

Hélène Dormond. *Le Retour du Bourdon.*

Joan Suris. *Vie et Œuvre de Marcel Parnaan.*

Alain Corbellari. *Dante & Co. Facéties littéraires autour de la Renaissance.*

Jonas Montenero. *Le MacGuffin du Pendu.*

Louise Bonsack. *Des Êtres presque transparents.*

Maurice Darier. *Une Nuit en Flandre.*

Alexandre Glikine. *Alypios.*

Alice Bottarelli, Marilou Rytz et Stéphanie Cadoret. *Voyage du Nautiscaphe et de sa cheminée dans la fosse des Nouvelles-Hébrides.*

GERBERT D'ARCHAMBAULT

BÂTARD, MOINE ET VOLEUR

roman

par Corinne Badoux

AUX PRESSES INVERSES

MMXXV

Cet ouvrage a été publié avec le soutien
de la Ville de Lausanne
et de la Fondation Léonard Gianadda Mécénat.

Les Presses inverses bénéficient d'un soutien structurel
du Canton de Vaud pour les années 2025-2027.

LIBERTÉ ET PATRIE canton de vaud

Ville de Lausanne
Service des bibliothèques
& archives

FONDATION
LÉONARD GIANADDA
MÉCÉNAT

Couverture et mise en page : Plates-Bandes communication.

Avenue des Huttins 8, CH-1008 Prilly.
ISBN 978-2-940718-43-6.

PRÉFACE

PRÉFACE

Dans les toutes premières pages du conte de Blanche-Neige, une reine, mère biologique de l'héroïne, coud devant une fenêtre tout en contemplant un paysage hivernal. Le texte des frères Grimm précise que la fenêtre a un encadrement d'ébène d'un noir profond, que la reine se pique le doigt et que trois gouttes de sang tombent sur la neige. La reine se dit alors : « Oh ! si je pouvais avoir un enfant à la peau aussi blanche que la neige, aux joues aussi vermeilles que le sang et aux cheveux aussi noirs que l'ébène de cette fenêtre ! »…

Le ton est donné dès le départ, ce sera un conte alchimique, car l'on y retrouve les trois phases du Grand Œuvre : l'œuvre au noir, l'œuvre au blanc et l'œuvre au rouge.

Nous pouvons donc lire ce conte de plusieurs manières différentes : de façon littérale, de façon psychanalytique, de façon symbolique ou initiatique dont l'alchimie spirituelle est un élément.

Toute lecture est juste... Cependant l'important n'est pas de croire en une seule interprétation – encore que, si cela chante à notre âme, rien ne nous en empêche – mais bien de se forger notre propre vérité, notre propre chemin qui nous rapprochera de ce que les Anciens appelaient « la Lumière ».

Et le conte initiatique de Corinne Badoux fait partie de ces ouvrages dits « à tiroir » qui nous incitent à aller beaucoup plus loin qu'une simple lecture comme on parcourrait un roman.

Tout est symbole dans les pérégrinations de Gerbert d'Archambault et dans les recherches des acteurs contemporains du conte. Chaque personnage a quelque chose à nous dire et touche l'âme de qui en soulève le voile.

Voilà une histoire truffée de phases initiatiques qui encouragent le lecteur à se questionner, voire à débuter une quête spirituelle.

Car pour le lecteur déjà sur le chemin de la symbolique initiatique, c'est un vrai régal de parcourir ces lignes et d'accompagner Gerbert aux temps anciens, mais aussi Maryse, Jacques et Philippe de nos jours. D'ailleurs, le temps-horloge qui sépare les protagonistes est-il réel ou n'est-il que pur concept ?

Soyons à la fois Singe, Taupe et Lapin et laissons-nous guider par les mots de Corinne Badoux.

Il est évident que ce livre encourage à s'engager plus avant dans une voie symbolique, ou conforte une voie entamée, car il fait partie de ce que l'on appelle la Tradition. Dénuée de tout engagement religieux confessionnel, celle-ci unit ainsi l'humanité au-delà de ses clivages séculaires.

La Tradition est Une, sous de multiples approches, et Corinne Badoux a choisi l'une de ces voies. Ici, dans un bel élan de générosité, elle nous livre le fruit de ses recherches.

Qu'elle en soit remerciée.

Jean-Jacques Meyfroid

Auteur du Chemin de Lumière. Symbolique de la cathédrale de Strasbourg
Chevalier Bienfaisant de la Cité Sainte – Rite Écossais Rectifié
Druide de l'Ordre des Bardes, Ovates et Druides

Morbihan, décembre 2022

LE SINGE, LA TAUPE ET LE LAPIN

FABLE INITIATIQUE

Que faire d'autre sinon s'élever en se transformant ?
François Cheng

À † Sabine Gonard
qui adorait mes histoires de taupe philosophe
et à Michel Cugnet, *mon premier lecteur,*
qui s'est exclamé : « Je suis Gerbert. »

Et tant que tu n'as pas compris
Ce « *Meurs et deviens* »,
Tu ne seras qu'un visiteur aveugle
Dans l'obscurité de la terre.
D'après J. W. Goethe

VITRIOL
Visita Interiora Terrae Rectificandoque
Invenies Occultum Lapidem.
Visite l'intérieur de la terre et, en rectifiant,
tu trouveras la pierre cachée.
Acronyme alchimique

CARNET I

J'AI ENTENDU QUE, dans le village de Petitmonde, un forgeron élevait des singes dans l'espoir – sa femme ne lui ayant jamais donné d'enfant – de parvenir à dresser un singe savant. Le premier jour du premier mois de l'été, une vieille guenon mit au monde un singe bien pressé de découvrir le monde… ou de quitter la matrice nourricière, c'est selon. La bestiole semblait rire et se mit à sautiller en tous sens puis, avec un naturel désarmant pour un être qui vient de naître, elle se pencha et saisit une baguette qui traînait sur le sol. « Quel drôle de coco », soupira le forgeron. Et c'est ainsi que les mois suivants et pendant toutes ces années l'animal facétieux resta Coco pour les habitants de Petitmonde.

À peine sevré du lait de sa mère, le petit singe s'intéressait déjà à la nourriture des hommes et dédaignait les épluchures que lui jetait la femme du forgeron. Coco lui cracha même au visage une bouillie que la matrone lui faisait ingurgiter de force. Ergosia, c'était son nom, se plaignit à son mari :

– Forge pour cette bête un collier et une chaîne et attache-la dans la cour, à sa place. Je n'en peux plus, elle a toujours le museau fourré à la cuisine et refuse la gamelle. En plus, elle me regarde d'un drôle d'air. Qu'as-tu fait de ce singe, Tubal ? Il ne lui manque que la parole pour devenir un sale gamin !

– Eh bien, je la lui donne, plaisanta le forgeron dans un souffle, ou plutôt un rauque ahan entre deux coups de marteau.

Sa tignasse lui collait au front à force de côtoyer le brasier de si près, ses joues cramoisies luisaient de sueur, tout était noir de ses mains à sa barbe, même son tablier se fondait dans la masse. Seul indice de sa présence dans ces ténèbres : le blanc de ses yeux. Tubal toisa sa femme dans les vapeurs du trempage, elle se tourna en maugréant et sortit. C'est alors que le forgeron perçut un son sifflant. Il sourit de toutes ses dents en songeant qu'on lui avait dit « Mersssssi, maître Tubal ». Mais qui venait ainsi défier le tohu-bohu de son orchestre de fer, de feu, de bois et de vent ? D'un bond, l'agile animal sauta sur son épaule gauche, lui tira quelques poils du menton en guise de signe de reconnaissance.

Coco le singe était venu de lui-même, il était prêt, il était au commencement.

« Vas-y, Coco, forge un ciseau. Des apprentis sont arrivés à la carrière, maître Pierre a besoin d'outils pour les mettre au tas au plus vite. Allons, frappe et nourris ton geste du rebond. Frappe encore. Je suis bien le seul dans tout le pays à avoir un *singe* pour *lapin*, grommela-t-il, un maître pour apprenti. C'est qu'à la maison des Caïn, on brave les sobriquets du métier ! Allez maintenant, Coco, l'épreuve de l'eau. Doucement, retire le ciseau et replonge-le. Observe, le métal devient bleu. »

Ayant achevé avec succès son premier travail, le singe lissa son pelage tout noirci par l'épreuve du feu. Depuis ce jour-là, Tubal insista pour que Coco mange à table, à la grande perplexité d'Ergosia qui, malgré tout, se prenait à aimer ce singe doué d'incroyables talents. Au fond d'elle, la matrone espérait bien que l'animal leur rapporterait quelques deniers, le temps venu. Tubal, lui, se disait qu'il y avait de la place pour trois autour de la table bancale à laquelle il avait toujours manqué un pied. Il fit un clin d'œil à

Coco qui sauta sur son genou. Comme il les aurait transmis à un enfant, le forgeron, de ses grosses mains, refaisait pour le singe les tours de magie qu'il avait appris d'un marchand piémontais. Plus agile que Tubal, Coco imitait en silence les gestes de l'artisan, mais avec davantage de grâce et d'harmonie. Ainsi, tous les soirs pendant de longs mois, le maître et l'apprenti se livrèrent au même rituel.

Les Caïn formaient désormais une famille. En bonne mère, Ergosia avait même confectionné pour le singe un tablier en cuir provenant d'une chevrette morte à la naissance. « Relève la bavette, Coco, avait recommandé Tubal, ainsi tes organes vitaux seront bien protégés. » On aurait presque cru que le forgeron souriait à côté du singe : son tablier était noir de suie alors que celui de l'apprenti était d'un blanc immaculé.

CARNET II

Les années passèrent. Un matin, lors d'une balade parmi les hêtres couronnés de la forêt dense, Coco rencontra, au ras du sol, le lapin Artus. « On dit que tu as une grande capacité d'écoute. Est-ce parce que tu as de longues oreilles ? » railla le singe. « C'est parce que je n'y vois guère », répondit le bouquin. L'un plutôt moqueur mais radieux d'exubérance, et l'autre plus réfléchi et curieux, ils trouvèrent pourtant le moyen de bien s'entendre. Le lapin jouait souvent avec le singe, que ses tours et acrobaties avaient rendu célèbre dans toutes les foires de la contrée. Oui, le forgeron Tubal Caïn était parvenu à créer un singe savant. À l'occasion d'une escapade dans les jardins du prieuré, le singe et le lapin firent la connaissance d'une taupe, très accueillante, aimable mais peu encline aux jeux de gredins des deux compères. Contrairement au singe, trop occupé à la forge et sur les marchés, le lapin revenait jour après jour dans les champs qui entouraient le village de Petitmonde, conversant de plus en plus longuement avec la taupe. Celle-ci lui apprit à connaître la nature, le cycle des saisons et aida le lapin à développer la faculté de creuser consciemment afin que lui aussi puisse accéder au monde d'en dessous.

– À quoi bon creuser ? Pour trouver un trésor ? demanda le lapin.

– Parce que ce qui est en dessous est comme ce qui est en dessus, répondit laconiquement la taupe. Et peut-être trouveras-tu quelque chose de caché.

~ ∞ ~

Un beau jour, alors que les ruelles du village étaient joyeusement animées de marchands de toute la province, le lapin, tout crotté de ses recherches du matin, vint trouver le singe sur son estrade. Entre deux tours savamment exécutés par Coco, Artus lui montra un objet qu'il venait d'exhumer. Une bouteille de verre blanc portant une étiquette rouge orangé. Sur la vignette, abîmée certes par un long séjour sous terre, une image faisait trembler le lapin : un crâne surmontant deux os entrecroisés.

– Qu'est-ce que c'est ? questionna le singe.

– V… I… T…

– Vitriol, quel âne, tu ne sais même pas lire !

Le lapin articula humblement qu'il ne pouvait qu'épeler, mais cela, le singe ne l'entendit pas. Il faisait déjà le tour de la foire en exhibant au bout de sa queue préhensile la bouteille d'acide sulfurique au nez des badauds ameutés.

– Il ne sait pas li-re, il ne sait pas li-re, raillait Coco, ravi de sa supériorité doublée d'une agilité sans borne.

Un vilain, tout déguenillé, boita en direction du lapin interloqué. Une dent en or brillait d'un éclat inquiétant dans sa bouche lorsqu'il lui dit avec une grimace : « Ce poison sert à dissoudre les cadavres. D'abord la chair quitte les os, puis tout se désunit. » Terrifié par ces propos incongrus, et craignant peut-être pour sa propre chair et ses propres os, Artus détala sans demander son reste.

~ ∞ ~

À quelque temps de là, frustré d'être délaissé par le lapin Artus et envieux des enseignements que celui-ci recevait, le singe se mit en tête de faire sortir la taupe en frappant de grands coups sur la terre avec sa queue. Étourdie par les vibrations, la taupe à demi aveugle émergea de son couloir chtonien, tenant entre ses pattes sa dernière trouvaille qui étincela au soleil : un petit morceau de miroir. Elle prit la parole :

– C'est pour toi. Cherches-y ton reflet et lorsque celui-ci ne te fera plus plaisir, tu penseras à moi.

Le singe se saisit du cadeau sans comprendre. En chemin, il se regarda et découvrit l'image qu'il se faisait de son pire ennemi. Il jeta de toutes ses forces le miroir qui se ficha dans le talus sans se briser.

De retour sur la place de fête, Coco fut pris dans une mêlée de manants avinés et vociférant à l'instant même où la charrette d'un moine, emportée par sa vitesse, percuta le groupe. La queue du singe fut écrasée par la roue juste au niveau du sacrum.

Ergosia avait vu toute la scène. Son panier de fruits mûrs lui échappa alors qu'elle se précipitait vers le moine, ce si piètre charretier :

– Hé, le frocard, t'as bien estropié la bestiole ! Qui va forger avec le Caïn maintenant ? Qui es-tu pour un brigand, un vole-petits, sors ta bourse, je te dis !

– Dame Caïn, mon nom est Litté, Litté de Lumy, dit-il d'une voix si douce qu'Ergosia dut tendre l'oreille vers la bouche du moine. Je vais soigner votre singe, le baume aux simples que je suis venu vendre au marché régénère les chairs, cicatrisant les blessures les plus profondes.

– Je veux des deniers, frocard, pour me dédommager. Et puis oui, guéris aussi le singe ! Coco, viens ici, cria Ergosia, où es-tu, singe de malheur ?

C'est alors qu'on entendit, à quelques pas de là, les hurlements d'un ivrogne à la main gauche ensanglantée, qui menaçait de la droite un petit singe, lequel tenait entre ses mâchoires un sac de simples. Sept pas suffirent au religieux pour rejoindre le malandrin et le saisir à la gorge. Après avoir adressé un bref regard au singe, il dit d'une voix posée :

– N'as-tu pas tenté de dérober ces herbes pendant que le singe ramassait les pots de graisse et les sacs de simples tombés à terre ?

Sache que ta main saigne de tes rapines répétées et non de la morsure d'un singe qui rassemblait ce qui était épars.

L'homme baissa les yeux et s'éloigna sans demander son reste. Tendant un petit pot de baume à Coco, Litté de Lumy ajouta :

– Tu as bien travaillé, tu es un singe digne de respect, et si tu as quelque ambition, tu seras bientôt prêt pour une augmentation de salaire. Mais, auparavant, rattrape l'homme et donne-lui cet onguent afin qu'il soigne sa blessure.

Coco sauta d'épaule en épaule comme un nain parmi des géants et se faufila jusqu'à l'entrée de la taverne où l'homme avait l'intention de méditer sa mésaventure. Le maraud accepta le baume qu'il plaça sur son cœur sans un mot.

Le moine soigna le singe jusqu'à la cicatrisation complète de la plaie, mais les os avaient été broyés. Se pourrait-il que Coco perde un jour cette queue qui le différenciait tant des autres et dont il tirait avantages et fierté ? Que son fondement apparaisse nu ?

CARNET III

À LA FORGE DE TUBAL CAÏN, la vie reprit son cours. Leviers et ciseaux pour le chantier naissaient au rythme régulier des marteaux battant le fer. Coco passait des heures dans ce brasier ; son tablier était devenu noir. Il forgeait désormais des ornements élaborés, géométriques ou végétaux, que les sieurs de la contrée payaient un bon prix. Dans la maîtrise de l'art, Coco était en train de dépasser Tubal.

Le singe continuait d'animer les marchés, mais Tubal se rendit compte que Coco s'était assagi, bien qu'il ne fût pas encore un vieux singe. La gestuelle de ses saynètes s'était affinée malgré sa queue qui traînait piteusement derrière lui et, s'il faisait toujours rire les badauds, son verbe s'était fait moins acerbe. Peut-être avait-il gagné en maturité de par son excellent travail à la forge. Témoin au quotidien de la transformation du singe, Tubal sourit sans comprendre en voyant un jour Coco se nouer un bandeau sur les yeux.

Pendant ce temps, à une lieue de Petitmonde, le lapin Artus interrogeait la taupe.

– Pourquoi y a-t-il un bosquet d'acacias le long de ce champ ? Pas un seul de ces arbres ne pousse dans la forêt de l'autre côté.

– Partout où tu verras l'acacia, c'est que la terre a été défrichée, remuée, retournée. Ce travail a été fait par l'homme, lorsqu'il a compris qu'il pouvait cultiver les champs en semant des graines qui se multiplieraient. D'abord elles pourrissent en terre, puis lentement, très lentement germent, et enfin poussent pour lui donner, chaque été, du bon grain pour nourrir sa famille. L'acacia représente, en quelque sorte, la mort et la renaissance d'une graine semée.

« Ce serait merveilleux si, nous aussi, nous pouvions mourir et renaître », songea Artus qui savait très bien que sa vie ne tenait qu'à un coup de bâton derrière les oreilles. La taupe et le lapin reprirent la direction de l'occident, vers le village, en silence.

~ ∞ ~

La brume n'en finissait pas de s'étirer sur la campagne autour de Petitmonde, comme un voile déchiré ondulant dans la brise. Le soleil était blafard, le froid mordant. Au loin, on remarquait, à la buée de son souffle, un bélier solitaire tout affairé à brouter quelques touffes à peine reverdies et couvertes de rosée. Demain les travaux reprendraient après l'hiver. À la réouverture du chantier, Coco ne quitterait plus la forge tant la demande en outils serait grande. Soudain, le singe identifia deux silhouettes familières le long d'un muret de pierres plates.

– Eh, où allez-vous ? cria Coco en apercevant la taupe, un long bâton dans la main, et le lapin un balluchon sur l'épaule.

– Nous sommes en chemin vers Grandmonde, répondit la taupe, j'ai tant creusé les entrailles de la terre toute ma vie qu'avant de mourir, j'aimerais me gorger de la lumière qui brille là-bas.

En trois bonds, le lapin se trouva face au singe :

– On m'a dit qu'à Grandmonde je trouverais ma place et pourrais assurer ma descendance.

– Mais vous ne pouvez pas me laisser tout seul, s'insurgea Coco avec une moue simiesque. Qu'est-ce que je vais devenir si vous n'êtes plus là pour applaudir mes tours et rire à mes jeux de mots ?

– Au lieu de lancer tes paroles dans la rivière, empile-les. Lorsque le monticule sera si haut que tu ne verras plus le soleil, alors commence à retirer un mot après l'autre. Quand tu toucheras le fond, que tu n'auras plus de mot, alors tu apercevras un rayon de lumière qu'il t'appartiendra de suivre. Au bout de la route, il y a Grandmonde, conclut la taupe qui se remit en marche.

– Mais c'est où, Grandmonde ? Et c'est comment ?

– C'est exactement comme Petitmonde, tu ne seras pas désorienté, bien au contraire. Et rappelle-toi que ce qui compte, c'est le chemin qu'il te faudra parcourir. Mais n'oublie pas de faire des étapes, car la route peut être pénible, sourit le lapin qui, gambadant, dépassa la taupe.

– Ohé ! la taupe ! Au fait, tu ne m'as jamais dit ton nom, réalisa Coco.

– Krt'k.

– Quoi ? Il n'y a pas de voyelle, c'est imprononçable, asséna le singe qui savait tout.

– Alors ne le prononce pas, articula la taupe, le regard tourné vers l'horizon.

~ ∞ ~

Les saisons se succédèrent en cycles immuablement répétés. Coco revenait parfois aux abords du muret de pierres et portait son regard au loin. L'été, les épis frémissaient sous la caresse de l'autan ; l'automne, le hennissement des chevaux aux labours résonnait au-dessus des sillons ; l'hiver, le paysage dormait sous le gel comme si la terre entière était morte de langueur ; au printemps, les bourgeons des arbres se fendaient au premier soleil, les brins d'herbe nouveaux se frayaient un passage entre les feuilles sèches. Mais le singe peinait à se réjouir devant l'énergie renouvelée de la nature, car il ne voyait pas revenir ses deux compagnons. Le voyage de la taupe et du lapin, il le pressentait, ne les ramènerait jamais au village. C'était à lui de prendre la route. Sur le chemin de Grandmonde, ceux qui passaient marchaient vers l'orient. La taupe l'avait dit : « C'est de là que vient la lumière. » Pourtant il suffisait de regarder le lever du soleil pour le savoir. Alors pourquoi la taupe avait-elle insisté ?

Plongé dans ses pensées, Coco regagna la forge où des ouvriers chargeaient de nouveaux outils pour le chantier. Dans la boutique, un moine observait les dernières ferrures spiralées que Coco avait produites.

– Tubal, dis à ton fils qu'il en faudrait de plus grandes pour la porte de l'abbaye, mais exactement du même modèle.

Coco poussa la porte et ne cacha pas sa joie lorsqu'il reconnut Litté de Lumy. Il l'étreignit. Avec un large sourire, il lui tendit un gobelet afin de célébrer leurs retrouvailles.

– Toutes ces années, j'ai dirigé le chantier de l'abbaye, expliqua Litté. Je vous ai envoyé nos frères convers ou des novices, et c'est eux qui assuraient les ventes de simples et de pommade. Et ta queue ? demanda-t-il à Coco.

– Oh, elle est tombée il y a bien longtemps, c'est à peine si je m'en souviens ! Mais dis-nous, le chantier est-il terminé ?

Tubal s'approcha.

– Je ne verrai certainement pas la fin des travaux, dit le moine bâtisseur, construire la maison de Dieu est le travail de plusieurs vies.

Mais il me faut maintenant des ferrures pour les portails et des ornements. Je crois que j'ai trouvé l'artiste qui me les fournira, rit-il en tapant sur l'épaule de Coco.

Les trois hommes choquèrent leurs gobelets, Tubal trancha de la viande sèche et rompit le pain. Ils se racontèrent tant de choses que la nuit enveloppa le village, rendant trop périlleux le retour de l'architecte à l'abbaye.

– Accepte de partager notre modeste couchage, dit Tubal, et toi, Ergosia, sers donc la soupe !

– Votre hospitalité me comble, remercia le moine. Je souhaiterais vous emmener voir le chantier dès le lever du jour, afin que Coco puisse évaluer le travail que je vais lui confier. D'ailleurs, regarde, dit-il en déroulant un parchemin qu'il avait sorti de dessous sa bure.

Coco avait sous les yeux le croquis d'un portail dont la porte de chêne était ornée de ferrures sur ses deux battants. Il n'avait jamais vu d'ouvrage d'une telle beauté, son cœur battait à se rompre. Il venait de comprendre la capacité de l'homme à tendre vers la perfection, en y mettant toute sa force et sa vigueur. La visite du chantier le laissa ébahi ; son regard désormais reflétait une étrange lumière ; il se tut.

La journée, Coco forgeait avec Tubal les outils des tailleurs de pierre, les gonds, les pentures et les ferrures commandés par le maître d'œuvre, ainsi que la grille du puits. Mais la nuit, il s'enfermait seul dans l'atelier. De la chambre, Tubal Caïn, qui connaissait chaque note de la mélodie des forges, savait quelle tâche Coco effectuait. « Mais pour quel résultat ? » s'interrogeait-il. Un matin, le forgeron et son épouse le trouvèrent occupé à raviver les braises dans ce qui tenait lieu de cuisine.

– Mon chef-d'œuvre est achevé, dit simplement Coco. Je prends la route aujourd'hui.

Ergosia serra son fils contre sa poitrine. Tubal le regarda de ses yeux brillants de fierté : l'élève avait dépassé le maître ; il devait dès lors voyager et transmettre. Ils conduisirent Coco au-delà des jardins du prieuré, jusqu'aux champs bordés par le muret de pierres dorées. Des merles s'envolèrent en sifflant du bosquet d'acacias.

– Marche, fils de Caïn, marche et peu importe la destination, ce qui compte, c'est le chemin parcouru.

Coco fut surpris d'entendre dans la bouche de Tubal des mots prononcés des années plus tôt par le lapin Artus, disciple de la taupe. « Peut-être père sait-il que c'est de l'orient que vient la lumière », songea-t-il. Après un pas de côté, il se mit en marche, canne en main, dans cette direction bien sûr.

– Au fait, fils, cria Tubal, rappelle-toi que ton nom est Jehan.

Tubal et la mère restèrent immobiles jusqu'à ce que la silhouette de Coco ait disparu à l'horizon. Le père n'avait pas quitté des yeux le sac volumineux que Coco portait sur le dos. Pas une fois il ne s'était retourné.

~ ∞ ~

Après des mois de route, Coco, qui s'était débarrassé du vieux singe, arriva au Pays du Milieu et y chercha de l'embauche.

C'est ainsi que le drôle de singe, bateleur et forgeron devenu homme, se fit engager en tant que lapin, sous la responsabilité d'un singe, le maître sur le chantier d'une cathédrale.

Nul ne sut jamais ce qu'il advint de Coco jusqu'au jour de la restauration du coq, perché depuis des siècles sur la tour lanterne de Notre-Dame. Son plumage spiralé si finement ciselé en faisait une pièce d'exception. On trouva une inscription, très altérée par les vents et la pluie :

JOHANNES DE CAÏN FECIT
FILIUS TUBAL

Le chef-d'œuvre de Coco, éclatant de lumière, tutoyait le ciel depuis des temps immémoriaux, peut-être même depuis le début. *Ab initio.*

GERBERT D'ARCHAMBAULT,
BÂTARD, MOINE ET VOLEUR

ROMAN

CHAPITRE I

L'HOMME N'ENTRA PAS DANS LA TAVERNE. Les odeurs aigres du vin mêlées à la sueur et aux relents graisseux des clients éructant au visage de la servante le saisirent, l'incommodèrent au point que, vacillant, il dut se rattraper à la porte entrebâillée. C'est alors qu'il sentit une douleur aiguë à la main qui venait de heurter un moellon de l'embrasure. Le sang coulait à nouveau de la morsure, laissant une trace luisante sur la pierre. Se penchant pour vomir, l'homme sentit un objet dur contre sa poitrine : sa main droite n'avait pas lâché la petite poterie qu'il tenait sur son cœur. Son corps glissa au sol, son esprit embrumé sombra dans le vide, noir comme les pensées qui le harcelaient. C'est à peine s'il grommela lorsqu'un ivrogne s'étala sur la forme inerte et sans âme qu'il était devenu.

Dans les premières lueurs de l'aube, le tenancier de la taverne lui balança un seau d'eau fétide sur la tête et le chassa. L'homme se rendit sous l'arche du pont, comme il le faisait chaque fois que les effluves de sa personne le dégoûtaient, posa sa besace et ses frusques sur la berge, puis plongea dans l'enclos des lavandières.

~ ∞ ~

Comme à l'accoutumée, il vit arriver Austreberthe et Mathilde, leurs lourdes panières campées sur la hanche. Mathilde avait insisté sur le fait que dans sa famille et au village, on lui disait Mahaut. L'homme ne s'était jamais senti invité à la nommer ainsi, comme si cela n'appartenait qu'à leur petite communauté. À ses yeux d'étranger, il convenait de conserver de la distance. Il s'était contenté de raconter qu'il avait grandi chez des vilains sur les terres de dame Mahaut de Bourbon, qui, elle aussi, se prénommait Mathilde.

– Soyez dûment saluées, gentes dames, fit-il en s'inclinant, ayant pris soin de s'assurer que le niveau de l'eau lui arrivait à la taille.

– Bon matin, notre beau sire, minaudèrent en retour les deux femmes.

Elles lui jetèrent une touaille de quelque deux aunes dont il s'entoura au sortir de l'eau. Bien qu'il ne soit plus dans la jeunesse, son corps n'était point celui d'un ouvrier. Sa stature, sa musculature souple encore et allongée, mais surtout la finesse de ses mains, suggéraient une noble lignée. Le bain de rivière suivait un rituel bien réglé : l'homme, lavé mais hirsute, tel un druide mystérieux dans son drap blanc, grimpait sur la Pierre-à-Gerzan qui dominait l'Abrençon. De là, il regardait l'eau qui se faufilait entre les pierres, tantôt limpide, tantôt miroitante ou bouillonnante selon que son cours s'apaisait ou dévalait quelques degrés. Parfois les lavandières avaient l'impression qu'il parlait. Pendant que l'homme communiait avec la nature, perché sur le rocher, Austreberthe et Mathilde battaient ses oripeaux, puis les étendaient sur les châssis afin qu'ils sèchent. Leur seul salaire, elles le savaient, serait le droit de contempler des images dessinées sur un parchemin en écoutant l'histoire extraordinaire qu'il leur conterait. Mais avant cela, elles avaient le contenu de deux panières de linge à laver. Tapant, frappant, roulant, rinçant, elles faisaient avancer l'ouvrage au son des rires et des comptines.

D'un regard, Mathilde attira l'attention de la jeune Austreberthe : l'homme avait sorti de son bissac un petit pot de terre, y plongea un doigt et appliqua sur sa main gauche quelque chose qui ressemblait à un onguent. Mathilde se rappela alors avoir remarqué que la main du beau sire était tuméfiée, comme si elle avait été lacérée par une mâchoire animale. L'homme massait tranquillement sa main, ajoutant de la pommade ici et là. « Il se sera fait mordre par un chien, les chiens fous ne manquent pas dans les environs et se pressent en ville les jours de marché », pensèrent les lavandières en se remettant à taper, à frapper, à rouler.

Sur le tantôt, Austreberthe alla déposer les habits de l'homme, toujours au même endroit, afin qu'il se vêtît hors de la portée de leur regard. Quelle ne fut pas sa surprise de trouver sur la pierre plate une poignée de cèpes et des herbes odorantes. Jamais auparavant l'étranger n'avait eu cette attention. La jeune fille déposa l'offrande dans le pli de son tablier et s'en retourna vers Mathilde qui l'attendait pour plier les draps. Le repas du soir serait royal aujourd'hui. Les femmes inclinèrent la tête en direction du rocher de Gerzan : l'homme souriait.

~ ∞ ~

Installées au pied du frêne, à la fraîche, les lavandières retenaient leur souffle alors que l'homme sortait précautionneusement l'étui de cuir de sa besace. Cette fois encore il leur fit voir les deux pages de parchemin couvertes de petits dessins : des animaux, des hommes, le Beau Dieu et des fragments d'architecture. Austreberthe préférait le lièvre, le singe acrobate et le Jésus, mais aussi l'ange aux ailes déployées qui tenait une épée. Mathilde détaillait ce qui semblait être une haute et élégante fenêtre de pierre si bellement sculptée, et de mystérieux entrelacs qui ressemblaient à ceux qu'elle avait vus sur la croix de Belanne dans la campagne. Ne sachant lire ni l'une ni l'autre, elles ne prêtaient aucune attention aux écritures qui bordaient les dessins. « C'est écrit en langue picarde », avait précisé l'homme sans que cela ne revête la moindre importance pour les deux femmes.

Puis l'homme, de sa voix grave et douce, entreprit de raconter une histoire. Quelles que soient les péripéties qu'il contât, ses récits relataient toujours un épisode de la vie d'un dénommé Gerbert d'Archambault. Avec le temps, Mathilde et Austreberthe commençaient à mettre un visage, à imaginer une silhouette, une démarche qui, probablement par manque de modèles, ressemblaient aux allures de leur beau sire.

– Il observa un jeune cerf qui broutait à la lisière de la forêt. Sur le sommet de sa tête, deux petites colonnes recouvertes de fourrure attestaient la repousse précoce de ses andouillers. L'animal étirait son long cou pour atteindre quelques feuilles plus en hauteur. Gerbert aima cette présence tranquille et sauvage. Il reprit sa marche. Lorsqu'il distingua l'alignement de pierres levées, le moine sut qu'il était arrivé. Il emprunta le chemin du lac. Sur le chantier de l'antique port de Lousonna, les bardeurs, à l'aide de chèvres solidement ancrées, soulevaient des dalles romaines et les chargeaient sur des chariots. Le maître d'œuvre de la cathédrale en construction avait décidé d'utiliser le fin travail des anciens pour paver la nouvelle nef. Gerbert suivit un attelage qui, lentement, au son des *hue!* et des *dia!* des charretiers ponctués des râles humides de larges bœufs, s'élevait vers la cité. Or, ce qu'il vit le long de la rampe menant des bocages marécageux jusqu'à l'esplanade du chantier le laissa sans voix. Une corde attachée au chariot soulageait l'effort des bœufs.

Entraînée par une cage à écureuil dans laquelle un homme marchait avec souplesse, elle coulissait par une poulie installée sur le parvis de l'église. Il remarqua que les roues pleines du chariot étaient hérissées de pointes, un système astucieux pour éviter sans doute que le convoi ne glisse sur le terrain pentu et gras. Jamais il n'avait été donné à Gerbert de connaître une telle ingéniosité.

– Mais c'est le dessin du parchemin ! s'exclama Mathilde qui avait admiré l'attelage de bœufs, la grande roue et les cordes sans comprendre.

– Excellente observation, répondit l'homme, l'air un peu embarrassé. Il se fait tard, je vous conterai la suite une prochaine fois.

Avant que les lavandières ne s'en retournent au village, l'homme eut une singulière requête. Il souhaita qu'Austreberthe lui natte les cheveux. Elle fit de son mieux, car sa tignasse en désordre n'était pas si longue. La jeune femme nota une différence au sommet du crâne : les cheveux y étaient plus courts que dans le cou. Une tresse soignée orna donc la nuque de l'homme, mais disparut quand le beau sire enfila son manteau.

Le curieux voyageur trouva facilement l'échoppe du barbier. Il eut un geste de recul en s'avisant qu'une lame acérée se posait sur sa gorge offerte. Il se rappela la main de Litté qui, le tenant fermement au cou, l'avait renvoyé face à ses « rapines répétées ». Certes, il avait été pris en train de dérober un sac d'herbes médicinales lorsque la charrette s'était renversée, mais comment le moine avait-il pu imaginer qu'il soit coutumier du fait ? Son allure de mendiant avait certainement inspiré la remarque du frocard. Sur le tabouret du barbier, il comptait bien rectifier son apparence. En passant la main sur le dessus de son crâne, il sourit à l'évocation du mot « frocard » qu'il venait d'utiliser pour désigner le moine.

Ce fut un homme transformé qui franchit la porte du chirurgien. Il avait belle allure malgré ses vêtements pour le moins fatigués. Le barbier avait eu l'interdiction de tailler la petite tresse dans sa nuque. L'homme contourna le prieuré, longea le muret de pierres plates, dépassa le bosquet d'acacias d'où s'envolèrent une poignée d'oiseaux, puis remonta le cours de l'Abrençon, marchant entre mousses et herbes hautes, jusqu'au chantier de la nouvelle abbaye.

CHAPITRE 2

MARYSE JETTE SUR SES ÉPAULES une cotonnade légère et met son sac en bandoulière. Elle a envie de profiter de ce bel après-midi pour se reconnecter au pays de son enfance en allant se promener près de la Baïse, le long de ce petit ruisseau où, jadis, son oncle pêchait des écrevisses. « Un autre siècle », sourit-elle. La sonnerie de son portable interrompt sa rêverie naissante.

– Salut, Philippe, quel plaisir de t'entendre. Es-tu de passage dans la région ?

– ...

– L'abbaye de Bustier ? Enfin, ce qu'il en reste, je veux dire. Elle me rappelle l'abbaye de Flaran à la fin des années 60, le cloître décati envahi par la végétation, une faucheuse égarée dans la nef et cette odeur persistante de pipi de chats !

– ...

– Quoi ? Attends, envoie-moi la photo.

Maryse attend le petit *clong* signalant un message *WhatsApp*, pianote pour voir l'image.

– Philippe, tu es toujours là ? Surtout, ne touche à rien, je vous retrouve dans une heure.

Changement radical de programme. La médiéviste Maryse Séailles, première femme conservateur au musée de Cluny, n'ira pas se balader aujourd'hui. Elle reprend immédiatement du service sur le terrain ! Retraitée depuis peu à Condom où elle est née, la voilà sollicitée pour contribuer à une découverte potentiellement extraordinaire. Elle embarque son matériel, le classeur N° 12 – BUSTIER SUR ABRENÇON, du nom de la rivière qui serpente en amont, elle dévale les escaliers et saute dans sa voiture : Maryse a des ailes.

Madame la conservatrice a rencontré Philippe Chaillou, dit Tourangeau l'ami du trait, compagnon tailleur de pierre, lors d'une campagne de réfection de la cathédrale de Lausanne où elle s'était rendue en visite professionnelle avec des confrères.

Elle se souvient de son étonnement lorsque Philippe avait expliqué que la molasse, pierre locale et composante principale de l'édifice, était plus facile à tailler lorsqu'elle était mouillée : c'est donc que l'eau pénètre dans la pierre. Mais alors la cathédrale est poreuse ! Depuis lors, Maryse s'était toujours demandé comment les bâtisseurs avaient pu élever un tel édifice dans une pierre friable. Bien sûr qu'il convenait d'utiliser la roche disponible au plus près du chantier pour des raisons de coûts, en l'occurrence cette molasse sédimentaire fragile. Mais peut-être travaillaient-ils dans l'ici et maintenant, l'appareilleur seul sachant qu'ils élevaient ces voûtes pour durer, mais combien de temps ? Assez longtemps en tout cas pour transmettre l'ouvrage aux générations futures, tout simplement, comme le père donnait sa maison à ses enfants.

Quoi qu'il en soit, les connaissances et le savoir-faire du compagnon en matière de restauration d'édifices médiévaux lui avaient valu d'être appelé à effectuer une première évaluation des travaux urgents à entreprendre à Bustier. Les nombreux rapports de Maryse et ses stagiaires sur l'ancienne abbaye et les ruines des bâtiments conventuels, soumis aux diverses commissions des Monuments historiques – MH de leur petit nom – avaient fini par convaincre le préfet de classer le site et de le restaurer.

C'est dans la petite salle capitulaire qui fait office de bureau de chantier que l'œil de Tourangeau s'était arrêté sur une pierre de parement dont la tonalité et le grain différaient de ses voisines, de toute apparence une roche plus tendre. Rien dans son positionnement ni dans sa taille ne pouvait évoquer un signe, une mesure, une référence laissés parfois par les bâtisseurs. L'expert avait frappé avec un outil métallique la pierre de droite, la pierre de gauche et enfin l'intruse qui, elle, avait sonné. Le directeur régional des affaires culturelles, Jacques de Bétonnet, avait donné son accord pour la desceller. Elle contenait, dans sa cavité, un magnifique coffret en ferronnerie ouvragée, datant, sans l'ombre d'un doute, de la période de construction de l'édifice. Tourangeau l'ami du trait en avait pris les cotes de sa main nue : palme + paume sur paume + empan, soit environ 18 par 27 cm. Après un bref échange avec le directeur, ancien élève de Maryse Séailles, il avait décidé d'appeler la médiéviste avant d'alerter les MH.

Deux coups de klaxon préviennent Jacques de Bétonnet et Philippe Chaillou de l'arrivée de Maryse, tout auréolée d'un nuage de poussière soulevée par une vitesse certainement excessive sur un chemin de terre. Les deux hommes accueillent l'historienne par deux ou trois bises rituelles. Empressés, ils se saisissent de son sac de matériel et l'entraînent vers la salle capitulaire. Au passage de la porte, Maryse s'arrête pour observer l'empreinte laissée dans le bois par de très belles pentures spiralées, disparues depuis longtemps. Jacques allume le projecteur halogène, Philippe pousse du pied quelques gravats pendant que Maryse déballe son matériel de prises de vues. Les hommes ont pris soin de dissimuler sous un bout de bâche la mystérieuse pierre et son contenu.

– Bon, les gars, vous me montrez maintenant ?

– À vous l'honneur, dit le directeur à Philippe, avec un sourire complice.

Tourangeau l'ami du trait soulève, dans un roulement de tambour guttural, le voile inaugural improvisé. Un peu de poussière accompagne l'envol de la toile. Les trois s'accroupissent autour de la pierre, Maryse retient son souffle. Après avoir pris quelques clichés, elle sort de son porte-documents une paire de gants blancs qu'elle enfile promptement, puis plonge ses mains dans la cavité. Elle en extrait la boîte de fer finement ouvragée qu'elle pose sur la table de travail. Le coffret semble dépourvu de serrure, seul un arrêt en forme de serpent maintient le couvercle. Maryse n'a jamais observé ce type de fermeture sur un coffre du Moyen Âge. La faible profondeur de la boîte l'intrigue ainsi que ses mensurations : à peine plus grandes qu'une enveloppe A5. La médiéviste passe son doigt ganté sur la délicate spirale qui orne le couvercle. « La pièce est magnifique, son état de conservation remarquable », constate Maryse à haute voix.

– On t'a toujours dit que les vieilles pierres… ça conserve ! lance Jacques en tapant sur l'épaule de sa consœur, passionnée d'églises romanes et de cathédrales depuis sa jeunesse.

Son doigt s'est arrêté, elle semble ne pas avoir entendu la remarque un brin machiste de Bétonnet.

– Attendez, j'ai une idée !

Maryse se dégante, prend l'appareil numérique et se précipite en direction de l'entrée de l'abbaye. Interloqués, Jacques et Philippe lui emboîtent le pas. Ils la trouvent l'index épousant l'empreinte d'une fine spirale aux trous de fixation en losange sur la porte de chêne, dont le haut du vantail est étonnamment bien préservé. Elle mesure, prend des photos. Son regard est incandescent, pénétré par l'éclair de l'illumination, mais aussi anxieux de ne peut-être jamais pouvoir valider son hypothèse. Maryse retourne dans la salle capitulaire, la règle graduée en main. Elle l'applique sur la spirale décorant la boîte de fer : la proportion des dimensions et de la courbure concorde.

« Et si tu nous expliquais », suggère Jacques tandis que Philippe sourit car, l'œil aiguisé par la stéréotomie, il a compris. En effet, les tailleurs de pierre ont cette spécificité, à force de dessiner en plan et en volume, d'acquérir une parfaite vision du caillou fini dans l'espace avant même de l'attaquer à la massette et au ciseau.

– L'empreinte de la spirale sur la porte est identique à la volute du coffret : il y a donc de fortes chances que ce soit la même main qui les ait forgées ! Les ferrures, tout comme les outils, sont fabriquées généralement sur le chantier même ou à la forge d'un village très proche.

Or, à notre connaissance, il n'y a jamais eu de forge à Bustier. Nous en avons donc conclu que tous les travaux de ferronnerie avaient été réalisés par le forgeron de Minorbes, à trois kilomètres, où se tenait – dès le XIIIe siècle, c'est attesté – un grand marché hebdomadaire. Quel que soit le contenu de ce coffret, il doit être en lien avec la région puisqu'il a été « mis en boîte » à Minorbes et caché, à moins d'une lieue, ici, à l'abbaye de Bustier.

– Tu ne pourrais pas l'ouvrir ? Allez, Maryse, juste un petit peu, tente le directeur des travaux qui sait très bien que la médiéviste emportera la boîte pour l'examiner en laboratoire.

– Toujours le mot pour rire, hein, Jacques ? chante-t-elle avec l'accent gascon. Il va de soi que j'emporte le coffret et je vous tiendrai informés de ce qu'il contient… mais en temps voulu, ajoute-t-elle pour faire monter la pression chez les deux hommes.

Les trois spécialistes rangent le chantier et portent le matériel jusqu'à la voiture de Maryse qui, elle, n'a pas lâché la boîte de fer. Ils dînent à l'Auberge du Vieux-Pont où Jacques et Philippe ont pris des chambres. Le confit de Bernadette est généreux, et le vin de pays, abondant, les invite à refaire le monde, la petite et la grande histoire. Et c'est une joyeuse équipe qui se sépare à la porte de la taverne, dont les murs remontent à l'époque médiévale.

CHAPITRE 3

AVEC UN SOURIRE BIENVEILLANT, le moine invita l'homme à s'asseoir. Celui-ci posa sa besace sur le sol de terre battue et, lorsqu'il leva les yeux, s'aperçut que son hôte avait pris place dos à la fenêtre. Il allait devoir parler à une silhouette à contre-jour, sans distinguer les traits de Litté de Lumy. Il le savait, le prieur avait choisi cette position sciemment pour ce qui s'annonçait comme une longue confession.

«Je suis né à l'Archambault, commença le visiteur, par une nuit de tempête mémorable. Le vent arrachait les arbres, m'a-t-on raconté, les éclairs illuminaient les murailles, enfin la foudre frappa, embrasant les écuries du château des seigneurs de Bourbon. Il régnait une grande agitation, ce d'autant qu'en ces années de croisades, les nobles avaient sacrifié leurs hommes, leur fortune et leurs amours sur les routes de Jérusalem.

J'ai grandi sur leurs terres bien que mes parents fussent vilains, et aussi loin qu'il m'en souvienne, ils m'ont toujours appelé *l'enfant*. Un jour, au retour du travail aux champs avec le père – j'étais presque aussi grand que lui – un homme à cheval est venu à la maison. Il est entré pour parler avec mes parents. Resté dans la cour où picoraient trois vieilles poules auxquelles j'avais jeté une poignée de grains, je remarquai que non pas une mais deux montures buvaient à la fontaine. Le cavalier sortit, la mère portait un balluchon et le père tendit une bourse de cuir au visiteur, ajoutant : "Nous n'y avons pas touché."

C'est ainsi que je fus enlevé à mes parents. L'inconnu et moi chevauchâmes plusieurs jours avant d'arriver à l'abbaye de Luxeuil. Je trouvai la façade bien austère, car j'avais en mémoire – et l'ai encore à ce jour – le portail de la grande église d'Autun que le cavalier m'avait commenté en détail. "*Gislebertus hoc fecit* est gravé dans la pierre, avait-il dit, et cela signifie : Gislebert a fait cela." Alors la lourde bourse de cuir, donnée par mon père, passa de sa main à la main de l'abbé. Maintenant que je vous raconte cet épisode, il me revient un détail : à l'instant où le mystérieux cavalier me confiait au religieux, il mit la main sur son cœur et s'inclina imperceptiblement face à moi.

Au monastère de Luxeuil, je fus instruit dans tous les arts du *Trivium* et du *Quadrivium* et pris la bure sous le nom de Gerbert, en mémoire de Gerbert d'Aurillac, docteur ès arts libéraux, dont l'intelligence, m'avait-on dit, rayonna de Reims à Rome. Je portais désormais un nom, mais en souvenir d'un autre. Je n'avais pas de personnalité (la vie en communauté n'aide en rien un jeune homme à se forger un caractère propre), ni d'identité, car je ne savais rien de mes origines. De plus, j'ignorais la raison pour laquelle j'avais été séparé de ce couple de manants qui m'avaient élevé. Ceux-ci n'étaient certainement pas mes géniteurs puisqu'ils m'abandonnèrent à un cavalier inconnu sans m'adresser le moindre mot. Pourquoi donc un homme bien mis et botté viendrait-il prendre un fils de paysans pour l'emmener faire des études dans un monastère éloigné ? L'enfant que j'étais ne savait ni lire ni écrire. Ma seule ambition était d'apprendre de ma mère à confectionner les élixirs, pommades et onguents qu'elle vendait au marché. J'aimais plus que tout récolter les plantes dans son jardinet. Elle articulait des noms que je ne retenais pas, puis me désignait celles qui devaient être hachées, celles qui devaient macérer et celles qui, suspendues par la racine, sécheraient à la poutre. Contrairement à mon désir de me vouer à une humble et utile pratique, cet homme était venu me chercher pour que je devienne, en quelque sorte, un singe savant. Deux décennies passèrent ainsi dans la claustration et le silence. »

Le narrateur alla s'asseoir à la table de Litté de Lumy, prit un calame et le trempa dans l'encre noire, brillante et visqueuse. Écrivait-il ? Il semblait plutôt dessiner tout en poursuivant son récit.

« Vingt longues années d'études. Dans la joie pourtant, celle de la découverte des vertus et des sciences, mais ce fut sans doute l'harmonie par les nombres et la géométrie qui me fit comprendre la création et la nature de l'homme. La foi ? J'aimais psalmodier et chanter la louange perpétuelle, davantage pour la beauté des sons que pour le sens des psaumes. Je me sentais bien plus en communion avec le ciel dans la nature, entre les arbres ou méditant sur les rochers, observant les cerfs en lutte qui entrechoquaient bruyamment leurs ramures. Mes anges à moi avaient des bois de cerf sur la tête ! »

Gerbert sourit à l'évocation de ces intercesseurs ressemblant au dieu celte Cernunnos. Tout en parlant, il traçait d'élégants entrelacs d'inspiration irlandaise, qu'on enseignait à l'abbaye de Luxeuil, fondée jadis par le moine-druide Colomban. Le manant d'Archambault appliqua encore quelques touches de rouge, quitta l'écritoire et vint se rasseoir face à cette ombre immobile, terriblement silencieuse. Litté de Lumy écoutait Gerbert sans bouger, les paumes de ses longues mains posées bien à plat sur ses cuisses.

« L'arrivée du nouvel abbé, Austérien de Bourges, bouscula mon existence tranquille et réglée. De noble lignée, l'homme était arrogant et autoritaire, et projetait d'accroître l'influence de notre abbaye en terre burgonde. Il était originaire comme moi du pays des Bituriges, ces "rois du monde" qui, par son entremise et par-delà le temps, semblaient vouloir réveiller l'ours qui sommeillait au plus profond de moi-même. Je sus qu'il me fallait prendre la route. Austérien me confia un parchemin à l'attention de l'abbé d'Agaune, me remit la bourse de cuir de mon père, raisonnablement allégée, me semblait-il, et me fit don d'un cheval. Pour moi, les moines devaient marcher, mais mon voyage, sans doute en raison du contenu de la lettre, devait revêtir une certaine urgence. Je quittai l'abbaye aux premières lueurs de l'aube, sans me retourner. »

~ ∞ ~

« Pour la première fois de ma vie, je disposais d'un palefroi, d'une bourse bien garnie et j'étais libre. L'abbé d'Agaune devrait attendre, car je voulais voir le monde avant de mourir. Je pris la route vers l'ouest. Je goûtais le vent sur mon visage, car j'avais lancé le cheval à vive allure, mes yeux clignaient de l'alternance d'ombre et de lumière entre les arbres. L'air sortit de mes poumons en un long et profond cri de joie, mon corps tout entier exultait de cette sensation inouïe pour un moine : la liberté.

Je fis halte à la chapelle de Garde, érigée au bout d'un promontoire qui dominait la vallée. Longeant le sentier qui menait, par le pré, jusqu'au parvis, je remarquai des dizaines de papillons volant dans la même direction que moi. Je laissai le cheval se repaître des foins abondants et fis face à cette nuée orangée qui se déplaçait, tel un flux de grâce continu qui viendrait du ciel. Magiquement, les insectes s'écartaient juste devant mes yeux pour reformer l'escadron une fois l'obstacle évité, créant ainsi une mandorle aérienne autour de mon corps, avant de dévier leur route, tous ensemble, pour contourner la chapelle. Je vécus cette scène pleinement. Ces centaines, ces milliers de papillons étaient en route pour une destination connue d'eux seuls et rien, ni même toutes les fleurs offertes, ivres de leur propre nectar, n'allait interrompre leur vol frénétique. Le message des belles-dames allégea mon âme et mon cœur et je repris la route, conforté dans ma détermination : *Marche, Gerbert, marche et observe.* »

Toutefois, avant de retrouver sa monture, Gerbert était retourné vers la chapelle, plus exactement à l'angle sud-est de la façade, où une pierre beaucoup plus longue que les autres constituait le socle du mur. Avec un sourire, il avait passé la main sur son profil arrondi. Il avait non seulement vu, mais senti également la présence de la pierre levée ancestrale, en réemploi dans cette chapelle à peine accessible. Il fallait avoir une excellente raison pour construire un sanctuaire sur ce promontoire, par exemple qu'il ait été, depuis des temps immémoriaux, un lieu sacré pour une peuplade oubliée. En christianisant les Celtes, Martin de Tours n'avait pas omis de bâtir des chapelles sur les sites de dolmens ou de pierres levées, autant de connexions actives entre le ciel et la terre. Ce n'est pas un hasard si la Saint-Martin est fêtée le 11 novembre, période du début de l'hibernation de l'ours qui, immanquablement, se réveillera au printemps. Gerbert s'était amusé de la survivance cachée des cultes celtiques.

Le jour avait tiré sa révérence et Litté de Lumy alluma une chandelle. Dans la clarté ondulante, Gerbert percevait le visage paisible de son auditeur. Le *primus inter pares* se leva pour aller rejoindre ses frères et dire complies.

« Nous nous reverrons demain », dit-il simplement, sans inviter Gerbert à l'office.

Gerbert rejoignit la cellule qui lui avait été assignée. Il dormit peu. Lui revenait à l'esprit la vision qu'il avait eue du tympan extérieur de la basilique de Vézelay. À peine parvenu au sommet de la butte, il avait été frappé par le losange des anciens marqué entre les genoux du christ. La position des jambes, rassemblées par les talons, fortement anglées à hauteur des genoux, était identique à celle du tympan d'Autun dont Gerbert s'était pénétré sur la route de Luxeuil, enfant marchant vers la prison du savoir. C'était pourtant là qu'il avait commencé son chemin vers la connaissance, par les mots du cavalier qui l'accompagnait : « Le losange symbolise l'ensemencement, l'énergie masculine, solaire et active, la force et la royauté. C'est aussi l'entrée de la grotte réservée aux initiés. Le losange est la réunion du triangle du bas et du triangle du haut. Les chrétiens, quant à eux, ont choisi de représenter cette émergence entre deux mondes par la *vesica piscis*, la mandorle, la vulve féminine, lunaire et passive. Ne t'y trompe pas, le losange est le signe qu'ont emprunté nos anciens pour nous dire que notre tradition est vivace. »

Puis l'homme s'était tu.

Frère Gerbert, vingt et un ans plus tard, avait retrouvé au portail de la basilique de Vézelay et sur le tympan du narthex cet étrange christ aux larges mains et aux bras bien trop longs – celui d'Autun – qui avait tant fasciné le môme ignorant qu'il était. Il avait cependant remarqué que le christ extérieur avait les genoux écartés formant losange, alors que le christ intérieur avait les genoux serrés, inclinés d'un même côté. Comme s'il dissimulait la tradition, masculine, royale et sacerdotale, pour ne montrer, symboliquement, qu'un livre fermé. Il se souvint de ce qu'avait ajouté le cavalier à Autun : « Gislebert l'a fait. » Et ce Gislebert ou son frère était également là, sous ses yeux, à Vézelay. Quel que soit le nom qu'ils portaient, les imagiers signaient sans lettre, simplement par leur manière de laisser vibrer ou onduler la roche. La beauté surgit de la matière lorsque l'âme du tailleur tout entière actionne sa main. La pierre se cabre sous la tension puis s'abandonne. Les pierres des cathédrales sont un don de Dieu et c'est le souffle de l'*œuvrier* qui leur redonne vie.

CHAPITRE 4

Il va presque sans dire que Jacques et Philippe ne supporteraient pas d'attendre que Maryse leur communique le résultat de l'ouverture du coffret. Ils quittent l'auberge de Minorbes de bonne heure dans la camionnette de Philippe et prennent la route de Condom. Au pied de la cathédrale, ils s'amusent de la statue du plus célèbre des Gascons, d'Artagnan, et ses trois mousquetaires, et se topent en criant « Un pour tous, tous pour un. » Non loin du lycée technique Bossuet, Philippe gare son véhicule en épi contre la longue façade rue Jules-Ferry. La voiture de Maryse déboule et s'immobilise à l'équerre, sans tenir compte des lignes blanches au sol. Les hommes prennent le matériel et suivent l'historienne qui, telle une Vierge à l'enfant, porte le coffret sur son bras. Le principal, Maxime Larribeau, descend le perron à leur rencontre.

– Madame la conservatrice et chère cousine, fait-il en l'embrassant. Il serre la main de Jacques de Bétonnet qu'il connaît et de Philippe

Chaillou. Le laboratoire est à votre disposition ce matin, mais il y a cours cet après-midi, croit-il bon d'ajouter, tant il anticipe l'enthousiasme de Maryse lorsqu'elle a un os à ronger.

Le principal jette un coup d'œil au coffret orné, intrigué par la magnifique volute, les conduit au labo et les abandonne à regret. « Un pour tous, tous pour un », lance Jacques, le joyeux drille de l'équipe, très inspiré ce matin. Les préparatifs techniques ne prennent que peu de temps, Maryse Séailles connaissant parfaitement les lieux. Elle place enfin la boîte de fer sur la table de travail, allume les spots, enfile ses gants blancs et, à l'aide d'une brossette métallique douce, frotte délicatement le système de fermeture. Philippe tient la buse aspirante. Maryse fait encore le tour de la jointure en s'étonnant de la faible altération du métal. Elle manipule le fin serpent qui fait office de serrure, lequel joue sans résistance.

– Le moment est arrivé, dit la médiéviste dont le rythme cardiaque s'accélère. Elle règle le dispositif de prises de vues qu'elle peut déclencher avec le pied. Philippe et Jacques approchent leur tabouret à roulettes, les yeux rivés sur le coffret.

L'arrêt serpentin cède, le couvercle se soulève et bascule vers l'arrière sans un grincement. L'œil exercé de Maryse remarque un cheveu pris dans la charnière. Elle le prélève et le place dans un sachet étiqueté. Les trois comparses retiennent leur souffle. Pas de pièce d'or, point de bijou, le coffret contient un petit rouleau de parchemin scellé et ce qui semble être un étui de cuir élimé. L'historienne prend quelques clichés puis place le sceau de cire indéchiffrable à l'œil nu sous la loupe binoculaire électronique. L'image sur l'écran permet de discerner immédiatement *ora* puis *labor*…

– *Ora et labora,* la devise des bénédictins, triomphe le directeur régional des affaires culturelles. Cela dit, je ne l'ai jamais vue sur un cachet de cire.

– Bonne remarque, Jacques, mais regarde : le *et* est placé après *labor*. Il est suivi d'un autre mot … *venies*. Je prends encore des photos. Cela pourrait être *Ora labora et*…

– *Invenies,* tu découvriras, propose le casse-cailloux.

– Bingo, Tourangeau ! s'exclame Maryse. *Ora labora et invenies* soit « Prie, travaille et tu découvriras », ce qui se tient. On n'est pas loin du *Ora lege lege relege labora et invenies* alchimique du *Mutus Liber*, mais je vous rappelle juste qu'il a été publié à La Rochelle en… 1677 alors qu'à l'abbaye de Bustier, nous sommes en plein XIIIe siècle.

– *Orare* signifie aussi dire, exprimer par la parole, précise de Bétonnet. Seule la lecture du contenu pourra nous éclairer.

– Sauf qu'il faudra patienter : on ne prend aucun risque. J'envoie le parchemin aux confrères à Paris, annonce l'ex-conservatrice au musée de Cluny, en déposant le rouleau dans un sachet.

Les trois paires d'yeux se replongent dans le coffret. Maryse en sort le fin étui de cuir lisse, noirci sur la majeure partie de la surface, comme s'il avait été porté à même la peau. À la manière d'un chirurgien, elle se saisit d'une pince, soulève la bavette triangulaire et extrait délicatement deux folios de parchemin. À mi-course, son pied déclenche l'appareil de photo et encore une fois lorsqu'une face du document apparaît entièrement.

« Non, ce n'est pas possible, cela ne peut être… »

Maryse pose côte à côte les deux parchemins couverts de croquis et dessins. Incrédule, son regard détaille un joli lièvre, un singe acrobate et s'arrête sur l'esquisse d'une haute fenêtre en ogive. Elle ne connaît que trop bien cette souplesse dans le trait, cette précision géométrique ainsi que le prodigieux équilibre des pages dû à la proportion des marges, déterminée par le *Canon de division harmonieuse* élaboré au XIIIe siècle par un mystérieux bâtisseur. Elle se saisit d'une règle pour contrôler les dimensions des folios, 14 x 22 cm, précaution cependant inutile, car son cerveau reconnaît infailliblement la taille des pages du carnet qu'elle a eu le privilège de consulter à la Bibliothèque nationale.

– Il ne peut en être autrement : mes amis, nous sommes en présence de deux pages inconnues du carnet de Villard de Honnecourt.

Le temps s'est suspendu quelques instants, comme la respiration de Jacques, Philippe et Maryse. L'historienne prend encore des clichés haute résolution des folios recto verso sous le regard médusé des deux acolytes qui, bien entendu, connaissent le célèbre carnet, unique témoignage d'un maître d'œuvre français du

XIIIe siècle. Ils n'ont cependant jamais eu, bien sûr, l'insigne honneur de le voir en vrai. La sonnerie de l'établissement retentit, indiquant aux chercheurs que la matinée arrive à son terme et qu'il est donc temps de libérer le laboratoire.

« On plie bagage. Je vous invite à déjeuner à la Table des Cordeliers, propose Maryse. Quoi de plus jouissif pour des historiens que de se restaurer dans une chapelle du XIIIe, n'est-ce pas ? On ne sera pas dépaysés ! Et on doit fêter Tourangeau l'ami du trait, grand inventeur à Bustier-lès-Minorbes. Si vous avez du temps, ajoute-t-elle en narguant les garçons, nous irons ensuite chez moi examiner nos trouvailles de plus près. »

Décidée à faire découvrir les spécialités locales à Philippe, pour le moins ravi, Maryse commande trois Pousse Rapière pour l'apéritif pendant qu'elle s'annonce auprès de ses collègues parisiens pour le lendemain.

« 11 h 08, gare Montparnasse, tu viens me chercher ? Ne t'inquiète pas, j'ai du biscuit, dit-elle malicieusement avant de raccrocher. »

~ ∞ ~

Sous les yeux émerveillés des trois enquêteurs, le lièvre, le singe acrobate, un christ et un saint Michel à l'épée flamboyante commencent à livrer leurs secrets. Ils sont flanqués d'entrelacs, de tracés géométriques ainsi que du croquis d'une haute fenêtre ogivale. Maintenant s'affiche sur l'écran un dessin plutôt technique qu'ils tentent d'identifier. Maryse est au clavier.

– Nous avons un chariot bas, chargé visiblement d'une grande pierre plate, tiré par deux puissants bœufs. Ils ont la même tête que ceux de Laon, s'amuse l'historienne qui connaît par cœur les dessins de Villard de Honnecourt. La déclivité est importante. Au sommet de la butte, une église en construction, bien. Mais ce qui est surprenant, ce sont les haubans. On dirait que cette corde, s'écrie Maryse en pointant son doigt sur l'écran, est attachée au chariot, qu'elle coulisse ensuite dans une sorte de poulie en haut de la pente... C'est un système de halage actionné par l'homme dans la cage à écureuil. Je n'ai jamais vu pareille ingéniosité, ni dans les descriptions d'engins par Villard ni sur aucun autre croquis de chantier du Moyen Âge, on n'est pas loin de Léonard de Vinci. C'est absolument incroyable !

– Es-tu sûre que ce dessin est de la même main ? Fait à la même époque ? demande Jacques.

– C'est indéniablement le coup de crayon à la fois précis et expressif de Villard de Honnecourt.

– Tu pourrais zoomer sur les roues du chariot, suggère Philippe. Regardez : ce sont des roues pleines aux axes chevillés. Mais les roues semblent garnies de pointes…

– Vous voulez dire que Villard de Honnecourt a inventé les pneus cloutés ? s'exclame Jacques. Les trois amis éclatent de rire.

– Oui, ou alors n'a-t-il fait que reproduire ce que les charretiers, eux, avaient inventé pour éviter les glissades du chariot. C'est génial ! surenchérit la médiéviste. Mais où est-ce qu'il aurait vu cela ? Il n'y a aucune légende à ce dessin.

Philippe demande cette fois un agrandissement de l'église en construction. Il remarque que la rosace est en plein montage.

– Regardez : cette partie longue est la nef, ici à droite la rose et le chœur, donc, sur la gauche nous avons le narthex, dit-il en appuyant son doigt sur l'écran, ce qui d'ordinaire agace Maryse, et là, que voyez-vous ?

– Une ouverture, un porche, un passage ?

– C'est bien ce qu'il me semble aussi, poursuit Philippe. Or, une église traversée par une rue entre le narthex et la nef, située au sommet d'une colline en pente raide, je n'en connais qu'une seule, la cathédrale de Lausanne.

– Pour toi, c'est une évidence, puisque tu y as travaillé, mais Jacques et moi ne le savions pas. Cela prouverait la présence effective de Villard à Lausanne, car cette scène, avec les précisions qu'elle contient, ne peut avoir été tracée par le Picard que s'il était sur place. Yes !

– Alors ce sont les Lausannois qui ont inventé les pneus à clous, insiste Jacques.

– Normal, on voit bien que tu n'as jamais conduit à Lausanne en hiver ! blague Philippe qui a travaillé à la cathédrale, mais également, tout récemment, à la réfection du château Saint-Maire sur la même colline de la Cité.

– OK, je viendrai cet hiver te rendre visite en terre vaudoise ! Bon. Jacques retrouve rapidement son sérieux. Mais pourquoi des pages du carnet comportant un dessin effectué à Lausanne se retrouvent-elles planquées dans un coffret caché dans le mur de la salle capitulaire d'une abbaye rurale en Gascogne ? Et pourquoi deux pages puisque les croquis de la seconde ne semblent avoir aucun lien avec Lausanne ?

– Je vous lis la légende, là, en haut du premier folio. Maryse se concentre. *Lapin et singe bateleur*... et en dessous *Petitmonde reliquit.* Il a quitté Petitmonde. La notion de microcosme et macrocosme est très répandue à l'époque parmi les lettrés. Cela pourrait être une jolie manière de dire que quelqu'un est passé *ad patres* ou alors qu'il s'est élevé spirituellement pour se confondre dans l'univers. Je réfléchis à voix haute, Petitmonde ? Microcosme... Microcosmos... Attendez, j'ai une idée : microcosmos, c'est du grec. En latin, petit et monde se traduisent par *minor* et *orbis*. Donc, notre village de Minorbes n'est autre que ce *minor orbis*, ce petit monde ! Mais alors, cela voudrait dire qu'après Lausanne, Villard de Honnecourt est venu à Minorbes pendant la construction de l'abbaye de Bustier ? C'est du délire !

– Un lapin, un singe, c'est logique, intervient Philippe, car les compagnons surnomment l'apprenti *lapin* et le maître, celui qui a le droit d'ouvrir la boutique, comme on dit, eh bien, c'est le *singe* ! Et c'était déjà comme ça sur les chantiers à l'époque des bâtisseurs de cathédrale. C'est peut-être un indice ?

Le compagnon, le directeur des affaires culturelles et la médiéviste passent la fin de l'après-midi à regarder encore et encore les folios de parchemin, échafaudant des hypothèses extravagantes à propos de leur découverte. Maryse rappelle qu'il y a aussi le rouleau à l'étrange sceau « alchimique » à faire déchiffrer, ainsi que le cheveu prélevé dans la charnière du coffret qui livrera peut-être un ADN. Le lendemain aux aurores, elle part pour Paris.

CHAPITRE 5

« AU PIED DE LA COLLINE, au-delà de Saint-Père, je découvris les fontaines salées, de larges vasques creusées dans le sol. Elles permettaient d'exploiter le sel qui, lentement, y déposait ses cristaux scintillants alors que l'eau s'évaporait. Je me baignai dans un petit bassin latéral quadrangulaire, en songeant au prieuré de Fontaine que Colomban fonda avant celui de Luxeuil. Partout où le moine-druide irlandais bâtissait un monastère, il y avait de l'eau aux propriétés curatives. Je m'installai sur un muret pour me sécher au soleil tandis que ma peau se tendait, blanchissait du sel incrusté dans les pores. C'est alors qu'éclata l'orage qui menaçait depuis des heures. Des gouttes énormes, qui faisaient presque mal, s'écrasaient sur mon corps craquelé. Je fus dûment lavé en quelques instants, comme si Colomban m'envoyait par cette eau une bénédiction purificatrice dont j'ignorais avoir besoin. J'enfilai mes vêtements humides et poisseux et me remis en selle.

Je suivis ensuite le chemin de Saint-Jacques, très fréquenté à cette saison. Nous traversâmes la Loire sur le seul pont, à Charité, laissant quelques pièces aux péagers. Les marchands vendaient des babioles hors de prix aux pèlerins ou rafistolaient frusques et galoches. »

Délaissant sa place habituelle qui ne laissait pas voir son visage, Litté de Lumy s'était assis à sa table jonchée de plans et croquis. Gerbert devinait qu'aujourd'hui le maître d'œuvre avait pris l'ascendant sur le moine. On frappa à la porte. Un faiseur annonça que le forgeron était arrivé avec les pentures de la porte du sanctuaire. Litté murmura à l'oreille du messager qui sortit.

« Pardonnez-moi d'interrompre votre récit, dit-il. Je dois prendre livraison d'un travail tout à fait remarquable. Souhaitez-vous m'accompagner ? »

Gerbert emboîta le pas au prieur. Un petit homme se tenait debout de dos près de la carriole ; il se retourna à l'arrivée de Litté de Lumy. Gerbert se figea : le drôle de forgeron anormalement velu ressemblait d'étrange façon au singe qui l'avait mordu au marché, le jour où il avait dérobé un sac de simples. Il chassa cette image étrange de son esprit : un singe ne pouvait devenir forgeron ! Il fut cependant surpris que le moine donne l'accolade à ce personnage, geste d'égalité impensable entre un maître d'œuvre et un artisan. Il détourna son regard et admira les spirales élégantes cloutées de losanges, ferrures remarquables destinées à la grande porte.

– Coco, je te présente Gerbert d'Archambault. Mais vous vous êtes déjà rencontrés, me semble-t-il ?

Le forgeron tendit sa dextre musclée à l'homme, tout en jetant un coup d'œil à la main gauche de celui-ci, parfaitement cicatrisée.

– Le baume de Litté de Lumy a guéri vos plaies. Tout juste une petite cicatrice, dit le singe en serrant la fine main de Gerbert, lequel, interloqué, ne sut quoi dire.

Le moine-bâtisseur et son forgeron poilu devisaient pendant que les ouvriers transportaient les ferrures jusqu'à l'atelier des charpentiers. Le malandrin, démasqué, s'était éloigné pour ravaler sa honte. Il marcha jusqu'au ruisseau et s'assit sur une pierre. Le moine savait donc qui il était quand il lui avait offert l'hospitalité... Litté de Lumy l'avait reconnu et accueilli sans jugement, dans toute sa dignité d'homme debout, alors que, titubant, Gerbert avait tenté de lui voler des plantes médicinales, ces mêmes simples que sa mère cultivait jadis.

Le manant d'Archambault ne réapparut pas autour des bâtiments conventuels pendant plusieurs jours. Un matin, tout crotté et trempé, il sortit du bocage où il s'était terré et marcha vers Minorbes. C'est à peine s'il regarda l'enseigne en passant devant la taverne et descendit vers l'enclos des lavandières. La rivière rugissait des derniers orages, l'eau était fraîche et laiteuse, ce qui n'empêcha nullement l'homme de s'y plonger après avoir déposé ses vêtements sur la berge. Il s'avança dans le courant, il avait besoin que cette eau fouette son corps jusqu'à le faire vaciller. Il se rattrapa à un pieu à l'instant où Austreberthe et Mathilde déposaient leurs panières débordantes.

– Eh bien, notre beau sire, nous vous avons cru mort et voilà que vous manquez vous noyer !

– Soyez saluées, gentes dames, répondit l'homme nu, émacié et transi, accroché misérablement à un pieu de bois.

Les lavandières procédèrent au traditionnel rituel du bain, lui lancèrent la touaille de lin afin qu'il se voile par pudeur, puis s'occupèrent de ses hardes. Les deux femmes notèrent que sa besace ne figurait pas à l'inventaire. L'homme alla, comme à l'accoutumée, se percher sur la grosse pierre.

Vers la fin de l'après-midi, vêtu de propre, le beau sire demanda à Austreberthe de renouer sa tresse qui lui arrivait désormais aux épaules. Au pied du frêne, il raconta la traditionnelle histoire.

« À la faveur d'une bousculade sur la place du marché, à l'instant même où la charrette du moine apothicaire, emportée par sa vitesse, percuta le groupe et se renversa, Gerbert avisa un sac de simples projeté par-delà l'attroupement. Profitant de la confusion générale, il se saisit du sac. Il pourrait en faire le meilleur usage pour lui-même ou quelque estropié de rencontre. C'est alors qu'un petit singe à la queue ensanglantée se jeta sur lui et mordit sauvagement sa main. Gerbert lâcha son pourtant bien modeste butin en hurlant. Le moine de grande taille le saisit à la gorge. Gerbert, quelque peu aviné, vit sa dernière heure arrivée, étranglé par un mire en place de foire. Sans desserrer sa prise, le moine planta son regard dans les yeux de Gerbert et dit d'un ton ferme, mais sans agressivité : "N'as-tu pas tenté de dérober ces herbes pendant que l'animal ramassait les pots de graisse et les sacs de simples tombés à terre ? Sache que ta main saigne de tes rapines répétées et non de la morsure d'un singe qui rassemblait ce qui était épars."

Gerbert, honteux, baissa les yeux et s'éloigna sans demander son reste. Il se dirigea vers la taverne où il avait l'intention de méditer sa mésaventure. Soudain, surgissant par la voie des airs, le singe atterrit sur son épaule. Avant qu'il n'eût crié de frayeur, l'animal lui tendit un pot d'onguent préparé au monastère. Figé par la surprise, sans un mot, Gerbert accepta le baume qu'il plaça sur son cœur. Il lui semblait avoir perçu de la bienveillance dans les yeux de l'animal. "Alors que je me complais dans la bestialité et la crasse, un singe aurait fait preuve d'humanité à mon égard ?" pensa l'homme, à la porte de l'auberge. »

« Ce sera tout pour aujourd'hui, conclut le beau sire, je dois encore me rendre chez le barbier. Et puis j'ai une commande à passer. »

Il aida les lavandières à porter les panières jusqu'au sommet de la pente et prit congé. Mathilde et Austreberthe le gratifièrent de larges sourires. Il en fut heureux. Après les soins apportés par le frater à sa barbe et à ses cheveux dans lesquels on ne percevait plus l'ancienne tonsure, Gerbert se présenta à la forge de Minorbes. Il fut accueilli dans un tohu-bohu infernal par un géant échevelé du nom de Tubal Caïn, maître forgeron de son état.

– J'ai rencontré Coco sur le chantier de l'abbaye, il y présentait de bien belles volutes, dit Gerbert qui, en expert du *Quadrivium*, avait été vivement impressionné par l'harmonie de leurs proportions divines.

– Mon fils ne devrait pas tarder, assoyez-vous, je dois continuer mon travail, lâcha Tubal, désormais habitué à ce que la clientèle demande après Coco, bateleur-forgeron aux mains d'or. Justement, celui-ci passait la porte.

– Salut, Gerbert, qu'est-ce qui me vaut ta présence ? lança-t-il chaleureusement.

– Euh... je... L'homme fut perturbé par la cordialité de Coco, mais se ressaisit rapidement. En fait, j'ai un travail un peu particulier à te commander.

Coco emmena Gerbert dans la pièce annexe qui servait aussi de cuisine à la famille Caïn.

« Voilà… C'est au serrurier que je m'adresse. Il n'imaginait pas l'objet dont il avait besoin passer sous le lourd marteau du colosse Tubal. Peux-tu réaliser un coffret de cette dimension ? Il écarta les doigts de sa main : le petit côté ferait une palme et une paume, et le grand, à peu près une paume et un empan. Quant à la hauteur, une paume devrait suffire. J'aimerais que tu l'ornes de l'une de tes magnifiques spirales, comme celles que j'ai vues sur la porte de l'abbaye. Je souhaite confier à Litté de Lumy une pochette de cuir dans laquelle je transporte deux pages de parchemin. Ce ne sont pas des documents précieux, mais ils ont une grande valeur à mes yeux. J'ai une ultime requête : la fermeture doit être dépourvue de clé, chacun devra pouvoir ouvrir librement ce coffret. »

Coco et Gerbert convinrent d'un prix sans aucun marchandage. Le manant versa au singe la moitié de la somme, ils se serrèrent la main et l'homme reprit le chemin de l'abbaye où il retrouva la cellule qui lui était allouée.

CHAPITRE 6

JACQUES N'ÉTANT PAS ENCORE DESCENDU, Philippe décide de faire quelques pas aux abords de l'Auberge du Vieux-Pont. Il dévale le talus jusqu'à l'Abrençon. Une petite plage permet d'accéder à l'eau. On voit affleurer des restes d'anciens pieux qui ont dû former jadis une aire fermée, un enclos. En contrebas, un gros rocher domine le miroir ondulant de la rivière. Bernadette, la patronne de l'auberge, l'a signalé à Philippe :

– Nous l'appelons la Pierre-Garsan, mais les anciens disaient parfois *la pierre du druide*. Moi, je n'en sais rien, avait-elle chanté.

« Garsan peut très bien dériver de Gargan, *Gerzan* en occitan », songe Philippe qui connaît dans sa Touraine natale de nombreuses pierres levées ou mégalithes nommés *pierre ou palets de Gargantua*. Enfant, il jouait sur ces blocs magiques. Plusieurs lieux et monts portent également la marque de Gargan, en lien avec le géant de Rabelais pour ce qui est des légendes, mais parfois et bien spécifiquement en relation avec l'archange Michel comme en Italie. Il est interrompu dans ses pérégrinations mentales par un gaillard vociférant sur le pont. Apparemment, Jacques est prêt au départ.

Les deux hommes passent la matinée à Bustier, occupés par les relevés qu'ils doivent effectuer pour les MH. Laissant la génératrice et les projecteurs dans la salle capitulaire, ils se munissent de lampes torches et de frontales sachant qu'ils ne resteront sur le chantier que quelques heures. Philippe doit en effet se rendre à Bordeaux et Jacques profitera de son absence pour prendre son après-midi.

Ils commencent l'inspection de la crypte dans laquelle on accède par une volée de marches sous une voûte basse. Leurs bouches exhalent une buée légère, Philippe se coiffe de son vieux bonnet. Sur l'un des chapiteaux, ils identifient à son enclume un forgeron si poilu qu'il a l'air d'un singe. « Les imagiers romans n'ont aucune limite créative pour exprimer et transmettre leurs messages ou simplement s'amuser », sourit Jacques. Le regard des deux hommes se fixe ensuite sur le sol, alors que l'instinct ou la foi fait habituellement lever les yeux dans les édifices sacrés. Jacques pointe son faisceau lumineux. Le dallage est parfaitement régulier sur toute la surface de la crypte, à l'exception de l'endroit où, selon toute probabilité, devait se trouver l'autel. Il s'agit d'une large pierre brute et plate, d'environ 1 mètre sur 2 dont la mise en forme est, sans aucun doute, due à la main de l'homme.

– Pierre dolménique, le centre énergétique conservé ? suggère Philippe.

– Pierre dolménique, acquiesce Jacques. Décidément, cette petite abbaye au milieu de nulle part nous réserve bien des surprises. Pendant que Maryse se royaume à Paris et spécule en attendant la révélation, nous sommes plutôt opératifs sur le terrain, dis donc !

~ ∞ ~

À peine le frugal repas avalé, Jacques prend congé et Philippe passe se changer dans sa chambre, emporte ses affaires, puis prend la route pour Bordeaux. Il est attendu en fin d'après-midi rue Ségalier, pour donner une conférence intitulée *Stéréotomie, art du trait de la taille de pierre* dans une loge du Grand Orient. Il a rencontré plusieurs de ses membres lors d'une journée de découverte à la maison des compagnons girondine. Les frères ont organisé une tenue blanche fermée – l'orateur du jour n'étant pas franc-maçon – afin de pouvoir l'accueillir dans leur temple. Tourangeau l'ami du trait portera, à cette occasion, les couleurs compagnonniques et sa canne. Le sujet étant pour le moins technique, Philippe s'est assuré de la présence de deux ou trois professionnels de la construction, susceptibles de relancer la discussion, le cas échéant. La pierre est l'un des grands symboles maçonniques sur laquelle les adeptes travaillent philosophiquement (« spéculativement » est le mot utilisé), mais la possibilité de s'enrichir d'éléments concrets présentés par un artisan « opératif » est toujours fascinante et permet d'illustrer, avec force détails, les transformations intérieures. En fait, spéculatifs et opératifs taillent la pierre avec les mêmes outils, maillet et ciseau et recourent, pour les mesures, à l'équerre et au compas.

Il est fréquent que des loges invitent des compagnons pour des causeries, lesquelles attirent de nombreux visiteurs. « Une bonne manière de faire de la pub pour son atelier », se dit Philippe. Le tailleur de pierre est ravi de partager un peu de son art et de ses expériences, mais surtout de l'opportunité de se concentrer sur autre chose que les découvertes de Bustier qui l'obnubilent. De toute façon, Maryse n'obtiendra pas si rapidement les résultats des analyses. Sans doute restera-t-elle encore plusieurs jours à Paris. Pas question de divulguer quoi que ce soit avant son retour. « Y a-t-il meilleur moyen que se taire pour entourer un secret d'une aura mystérieuse ? » Le compagnon sourit à cette idée, songeant qu'il se rend justement dans une confrérie qui a l'art de cultiver, si ce n'est le secret, tout au moins la discrétion.

Sur les corbeaux soutenant en façade un petit balcon, le soleil à gauche, l'équerre et le compas à droite. Philippe est arrivé. Il observe que la barrière en fer forgé s'orne de losanges et remarque une large spirale de pierre. Son véhicule franchit le porche puisqu'il a été invité à stationner dans la cour intérieure.

~ ∞ ~

Philippe est assis à un petit bureau, à main gauche du vénérable maître, sur une estrade où l'on accède par quelques marches. De là-haut, il a une vue circulaire sur l'assemblée. Plongé dans la description d'un voussoir avec rencontre d'un ébrasement, il explique la complexité de l'approche des différents angles à tailler. Comme support visuel à sa démonstration, il a choisi le folio 39 du carnet de Villard de Honnecourt. Sans raison apparente, son regard est attiré au fond de la salle par un homme en complet de ville et nœud papillon, dûment ceinturé d'un tablier de cuir. L'espace d'un instant, il lui semble que le personnage a souri lorsqu'il a mentionné Villard.

À l'issue de sa conférence, Tourangeau l'ami du trait écoute encore de nombreux commentaires et expériences personnelles. Il répond à des questions dont certaines – il n'en est pas vraiment surpris – n'ont rien à voir avec le sujet, ou démontrent que l'auditeur n'a pas compris grand-chose, mais souhaite tout de même donner un avis. S'ensuit une invitation à partager un repas en commun. On lui demande de quitter les lieux le premier et, pour ce faire, il est précédé par un officier muni d'une longue canne, très similaire à sa canne de compagnon. Il n'a pas longtemps à attendre avant que le régiment bigarré ne sorte bruyamment de la salle dite de l'Anglaise 204, le plus grand temple du siège bordelais du Grand Orient de France. Alors que tous ces messieurs retirent sautoirs, tabliers et gants blancs, Philippe sent une main se poser sur son épaule : il se retourne. Le frère qu'il avait cru voir sourire pendant sa conférence est planté devant lui, hilare.

– Tu disais *Villard de Honnecourt* ? plaisante Jacques de Bétonnet.

– Mais qu'est-ce que tu fais là ?

– Après le lunch à Condom, j'ai juste eu le temps de me rendre à la gare routière, je tenais à te faire la surprise. Mais je ne suis vraiment pas fait pour les voyages en autocar… J'espère bien rentrer en voiture avec toi.

– Je comprends ce que tu voulais dire par « Je profite de l'après-midi pour aller voir mon frangin » ! Sacré cachotier, rit Philippe, au fond très touché par la présence du directeur régional des affaires culturelles et inséparable collègue sur le chantier de Bustier-lès-Minorbes. T'es un *cousin* et tu ne me l'as pas dit, un secret de plus que nous partageons. Mais, dis-moi, as-tu des nouvelles de Maryse ? demande Tourangeau, n'y tenant plus.

– Pardonnez-moi de vous interrompre, lance le président de la loge qui les rejoint à cet instant, mais j'ai un secret à vous révéler, celui… de notre table ! Le menu a été concocté par nos frères apprentis et les vins judicieusement sélectionnés par le frère caviste, une spécificité des loges girondines ! plaisante ce bon vivant dont la mallette noire s'agite en direction de la salle-à-manger, que les francs-maçons nomment *salle humide*.

Ces agapes sont fraternelles et joyeuses et l'on se promet de se revoir prochainement ici ou en Suisse. Philippe reste extrêmement discret sur son séjour dans la région et plus qu'évasif sur le travail qui l'occupe : il n'a pas du tout envie de voir des dizaines de maçons curieux débarquer dans les ruines de l'abbaye de Bustier… même si c'est au pied du mur qu'on voit le maçon.

Il retrouve Jacques au vestiaire, ils saluent encore quelques participants puis se dirigent vers la camionnette facilement reconnaissable, même de nuit, avec son autocollant CH ovale et blanc. Les deux hommes ont apprécié la soirée et l'accueil très chaleureux des frères bordelais.

– Il y a beaucoup de vignerons dans leurs rangs ! plaisante Jacques qui, à sa table, a profité d'une dégustation généreuse des produits du terroir.

– Bon, maintenant donne-moi des nouvelles de Maryse, s'impatiente Philippe, tout de même fatigué.

Jacques n'en a pas. Le téléphone de Maryse est toujours sur messagerie et elle ne l'a pas rappelé. Les compères devront patienter. Ils pourront, par exemple, profiter du trajet pour faire plus ample connaissance : ils auront un peu moins de deux heures pour se raconter leur vie. Aux yeux de Philippe, ce laps de temps est bien trop court. Il ne commence même pas. Jacques de Bétonnet, en revanche, n'a aucune peine à trouver des sujets de conversation. Il raconte les années de fac avec Maryse Séailles, une vraie Condomnoise volubile, drôle et bourrée de charme, à l'intelligence vive mais rationnelle, héritée peut-être d'origines helvétiques du côté de sa mère. Il confesse le petit béguin qu'il avait alors éprouvé pour son aînée et qui

s'est transformé en solide amitié et admiration professionnelle. Licence d'histoire en poche, il a complété sa formation en marketing et communication à Paris puis à Londres.
Il parle ensuite de la tardive démarche philosophico-spirituelle qui l'a mené, non pas vers les bancs d'église, mais sur les colonnes maçonniques. Il est reconnaissant du cheminement qu'il lui a été donné d'accomplir grâce à ses questionnements incessants et les recherches qui en ont découlé. « Cherche et tu trouveras ! » assène-t-il. Il avoue être moins assidu aux tenues depuis quelques années, mais reste tout de même membre d'une loge toulousaine, « compte tenu de ma position dans la région », se sent-il obligé d'ajouter. Il se tait peu avant Condom, les crus bordelais ayant finalement eu raison de sa faconde.

Il n'est pas loin de trois heures du matin lorsque Philippe et Jacques regagnent leur chambre à l'Auberge du Vieux-Pont. Un dernier coup d'œil à leurs *smartphones* – mais était-ce bien raisonnable à ces heures ? – leur confirme que Maryse reste bel et bien muette.

CHAPITRE 7

Le lendemain, Gerbert passa la porte basse, puis entra dans la modeste salle capitulaire qui faisait office de loge au maître d'œuvre, lequel cumulait les fonctions de prieur et d'appareilleur, traçant les épures et dirigeant les hommes de métier. Si Litté de Lumy apparaissait dans les ténèbres, c'était uniquement parce qu'une forte lumière nimbait sa silhouette. Le défroqué prit place en face du moine. Ce dernier ne le questionna pas sur son absence, l'important était qu'il fût revenu de lui-même.

Calme, apaisé, reconnaissant de la présence de l'abbé, l'homme reprit le cours de son récit :

« J'évitai les marais en prenant les chemins du nord jusqu'au tumulus d'Archelet. De là, je contemplai la silhouette de Bourges, où pointait la cathédrale en construction. J'étais de retour au pays de l'ours, en Berry, et sentais monter en moi cette énergie solaire ancestrale qui semblait sortir de terre sur ce tertre sacré pour les Bituriges. Pénétrant dans la cité, je m'aperçus que ce que j'avais pris pour des brumes matinales était autant de foyers mal éteints qui exhalaient leur âcre et dernier souffle. Des ombres s'occupaient à débarrasser les poutraisons affalées et calcinées. La désolation, mais surtout l'odeur fétide serraient la gorge. Au-delà du rempart et du fossé, l'incendie avait épargné le chantier de la nef où chacun s'activait selon sa fonction. Dans l'ancien sanctuaire qui servait de loge aux bâtisseurs, j'observai l'appareilleur qui, à l'aide de son compas et à même les dalles, traçait d'élégants losanges. Plus loin, à la lumière, je distinguai, sous le ciseau et le maillet d'un imagier, l'ébauche d'un christ genoux écartés, le triangle du bas, l'indispensable ancrage dans la terre-mère. Le Christ sculpté là, au-dessus des temples enfouis de l'Ours celtique... Je m'amusai que l'Église ait discrètement conservé ce culte païen, en nommant Ursin le premier évêque de la ville.

Je poursuivis mon chemin, longeai les nouvelles fortifications et quittai Bourges, traversant de maigres jardins et des cultures délaissées. Des pommes pourrissaient au pied d'un arbre décharné. J'avais hâte d'atteindre L'Archambault et de retrouver la ferme familiale. Je ne trouvai que ruines, murs écroulés et noircis. Le silence était oppressant. J'attachai le cheval à l'anneau de la fontaine et me dirigeai vers ce qui fut le jardinet de simples de ma mère. Quelques herbes avaient, avec le temps, retrouvé le chemin de la lumière. Je reconnus certaines plantes dans la broussaille qui avait tout envahi. À quelque distance, un vilain essartait en lisière de son champ. Je le questionnai.

"C'était il y a bien longtemps, au moment de la disparition de leur fils. Une nuit, tout s'embrasa, la maison et la dépendance, on voyait les flammes depuis le village. Les vilains périrent tous deux, on les retrouva près de ce qui avait été la porte, comme s'ils n'avaient pas pu s'échapper. Les corps ont été enterrés quelque part, là-bas, vers les rochers. Leur abergement a été octroyé à ma famille. Je ne sais rien de plus, on n'a jamais revu l'enfant."

Je marchai vers les ruines sans même attendre que l'homme ait relevé la tête. Je m'assis sur la margelle et caressai l'encolure du cheval, moi l'enfant, moi le fils. Ma mémoire olfactive me restituait les relents méphitiques des ruelles berruyères. Pour quelle raison la ferme avait-elle été incendiée ? Quel secret connu des parents avait-on cherché à taire à jamais ? Je me souvins de la bourse rebondie que le paysan avait tendue au cavalier venu pour m'emmener. C'est alors que je compris que c'était le secret de ma naissance qui valait qu'on tuât pour le préserver. Remontant en selle, je songeai que seul le fait du prince pouvait justifier ce crime. Bâtard orphelin en robe de bure, je pris la direction de l'orient, là d'où vient la lumière.

Bouleversé par ces réalités du monde profane qui se révélaient à moi, je décidai de prendre la route pour le monastère d'Agaune. Il était temps que je remplisse la mission qui m'avait été confiée à mon départ de Luxeuil et porter enfin le document au père-abbé. J'évitai les bourgs, n'entrai plus dans les églises, je ne parlai aux hommes que pour assurer ma subsistance et celle de ma monture. Après avoir traversé le Jura, je parvins aux abords de Lausanne. Je fus charmé par la vision d'un cerf au petit matin et revivifié par l'alignement de pierres levées près du lac, tout près de l'ancien port romain où des ouvriers s'affairaient autour d'un bien inhabituel chantier. Les sens en éveil, je m'approchai.

Les bardeurs soulevaient les dalles du forum romain et les chargeaient sur des chars tirés par des bœufs. Je suivis un attelage qui progressait vers la colline dominant la cité. Là-haut, ces antiques pierres seront réemployées pour daller la nef de la cathédrale en construction. Mais ce que je vis le long de la rampe menant des bocages marécageux jusqu'à l'esplanade du chantier me laissa interdit : afin de soulager l'effort des bovins, les chariots étaient tractés grâce à une cage à écureuil et une poulie. Je remarquai que les roues du chariot étaient hérissées de pointes, un système astucieux pour éviter une embardée du convoi. Jamais il ne m'avait été donné de connaître une telle ingéniosité. Sur la façade au midi, les maçons avaient déjà bien avancé la pose du remplage de la rose.

Je m'adressai au château épiscopal où, en qualité de moine de Luxeuil, je fus agréablement accueilli par les chanoines, logé et nourri. Et puisque le diocèse de Lausanne relevait de l'archevêque de Besançon, j'eus même l'honneur d'être reçu par le chancelier auquel je donnai quelques nouvelles au demeurant peu récentes. Lorsque j'évoquai l'intérêt que je portais au transport des dalles romaines et l'ingénieux système de poulies servant à hisser les chariots jusqu'au sommet de la colline, le chancelier s'anima.

"Frère Gerbert, vous n'êtes pas le premier. Il y a peu, nous avons eu la visite d'un maître d'œuvre de Picardie qui, lui aussi, s'est montré intrigué. Il a pris la peine de dessiner la scène."

Le chancelier fouilla dans une pile de documents et rouleaux et me tendit deux folios de parchemin couverts de croquis et de notes. Sur le premier, j'admirai le chariot, les bœufs, le dispositif de tractage et la cage à écureuil. Le Picard avait restitué les différents éléments exactement tels que je les avais observés. La fascination s'empara de moi.

Je restai quelques jours à Lausanne, côtoyant maçons et imagiers, partageant même quelques exercices de géométrie dans la loge appuyée au soubassement de l'église, et qui servait de chambre du trait aux tailleurs de pierre. Mon tracé fut immédiatement reporté sur la pierre à tailler. Mes longues années d'études et ce savoir lentement acquis s'étaient, l'espace d'un instant, révélés utiles à une application pratique. J'aimai ce partage, moi qui étais si occupé à ma construction intérieure.

Je pris congé des chanoines et, avant de monter en selle, je me rendis à l'évêché pour saluer le chancelier qui s'était montré si fraternel et hospitalier à mon égard. La porte était ouverte, il était absent et personne ne pouvait me renseigner. Au moment de m'en retourner, mon regard s'arrêta sur la page de parchemin sur laquelle le chancelier m'avait fait découvrir l'extraordinaire dessin. Une convoitise irrépressible s'empara de moi, il me fallait ce folio. D'un geste, je m'en emparai, le glissai sous ma bure et dévalai les marches qui menaient à la cour. Mon cœur battait à tout rompre, j'enfourchai mon cheval et le lançai au galop sur les pavés de la ruelle. Je quittai Lausanne en fugitif et m'embarquai sur le premier bateau à faire voile vers le Chablais.

~ ∞ ~

Bâtard, j'étais désormais voleur de surcroît. Je débarquai à la ville neuve de Chillon, un peu chancelant après ce voyage sur les eaux. Je bus à la fontaine et me remis en selle. Je talonnai les flancs de mon cheval qui galopa vers la campagne. Mon esprit et ma monture se remirent au pas alors que se déroulait devant mes yeux la plaine marécageuse qui s'étirait en direction d'Agaune. Par endroits, la brume était si lourde qu'elle se traînait entre les roseaux. Un héron tendit le cou, déploya ses ailes immenses et, avec une élégante génuflexion, prit son envol. Je m'assis à l'abri d'un hêtre accueillant, la bure souillée de sueur et de poussière. Je passai la main sur ma tête et me rendis compte qu'il y avait fort longtemps que je n'avais rafraîchi ma tonsure. Et si je rapportais les folios du Picard au chancelier ? Non, impossible, il était trop tard : la sanction me serait appliquée. Je regardai les dessins d'animaux, le lièvre et le singe acrobate, les esquisses de postures surchargées de tracés géométriques, le Beau Dieu et la haute fenêtre ogivale. Mes yeux s'arrêtèrent sur le chariot tracté et les bœufs. Je me sentis petit, morveux, abandonné, vulnérable, mesquin et voleur. On m'avait fait moine et je venais de succomber à la tentation. J'avais péché. Pourtant, une force intérieure cherchait à se faire jour en moi, mais j'étais incapable de lui laisser libre cours.

Après avoir franchi la porte d'Agaune, contrairement aux marchands et pèlerins qui prenaient d'abord leurs quartiers dans le bourg, je me rendis à l'église, édifiée sur la hauteur au-delà des bâtiments abbatiaux. C'est là que se trouvait le point d'ancrage des anciens, l'axe entre le ciel et la terre. Je pénétrai dans la crypte où de nombreux pèlerins vénéraient les reliques de Sigismond, fondateur de l'abbaye et instaurateur de la *laus perennis* en Occident, cette louange perpétuelle qui fut portée jusqu'à Luxeuil. Je patientai jusqu'à me retrouver seul, m'avançai vers l'autel et m'agenouillai. L'énergie parcourut mon corps. Je m'allongeai, bras écartés sur la dalle qui affleurait. La vision d'un moine en croix, face contre terre, n'étonna guère les pénitents qui entrèrent. Le temps s'était arrêté, je ne faisais qu'un avec la pierre dolménique originelle, celle-là même qui justifiait que temples et églises se soient succédé à cet endroit. La puissance de vie s'engouffrant en moi me fit pousser un cri sourd libérateur. Je me levai et quittai l'endroit. De la butte, face à la falaise, je regardai les antiques bains et la fontaine octogonale où jaillissait la source guérisseuse. Une stèle gravée y rappelait le temple dédié aux Nymphes. J'étais en fait à l'origine du monde, au cœur émergé de la terre-mère. »

CHAPITRE 8

« **B**ON DIOU, QUEL BAZAR ! Ma petite salle transformée en cinéma », s'exclame *avé* l'accent Bernadette en déposant le plateau des boissons. Jacques avait dépendu tableaux et décorations poussiéreuses pour projeter sur le mur du fond les images du beamer ; tablettes, rapports et tirages grand format jonchaient la table du milieu éclairée par un spot puissant.

– C'est à ça que ça sert, votre oui-oui ? se hasarde Bernadette.

– *Wi-fi*, insiste Jacques.

– Oui, oui, bon… fait la tenancière en levant les yeux au ciel. Eh bien, vous viendrez chercher les esquimaux à l'entracte !

Elle s'applique à bien fermer la porte derrière elle.

– Par quoi voulez-vous que je commence ? interroge Maryse, parfaitement consciente de l'impatience des deux hommes.

– Par le cheveu, répond Philippe. Jacques fait la moue.

– C'est d'accord ! Mon prélèvement n'a pas été correctement fait, j'ai juste pris le cheveu sans me soucier de la présence éventuelle du bulbe. La *medulla*, la moelle, représentant plus de la moitié du diamètre du cheveu, le collègue en a conclu qu'il s'agissait d'un poil… de mammifère !

– Un chien, un cheval ? C'est foutu pour nous, se désespère Jacques.

– Je rappelle qu'*homo sapiens* est un mammifère aussi, bien que cérébro-manuel, ajoute Philippe.

– Attends un peu, Jacques. Sérieusement, l'as parisien de la forensique est parvenu à prélever de la charnière du coffret quelques fragments du bulbe. Pas suffisamment pour une séquence ADN complète, mais ce qui est apparu désigne l'espèce à laquelle ce poil appartient, très proche de l'homme. Figurez-vous que c'est un poil de singe.

– C'est un singe qui a forgé le coffret ? lance ironiquement Jacques.

– On ne te changera pas, réplique Maryse. Le forgeron ou le propriétaire de la boîte avait, pourquoi pas, un singe domestiqué… Peut-être un montreur de guenons sur le marché de

Minorbes ? La note de Villard de Honnecourt sur le deuxième folio mentionne bien un singe acrobate, c'était courant au Moyen Âge.

Philippe envoie une photo sur l'adresse mail de Maryse qui la projette aussitôt sur le mur.

– L'autre jour, quand tu étais à Paris, Jacques et moi avons fait une première inspection de la crypte. On s'est bien amusés de ce chapiteau !

Sur le mur de la taverne, un chapiteau historié. S'y détache clairement un métallier à sa forge, si poilu qu'il a l'air d'un singe. « Je te présente *Tubal Kong* », rit Philippe.

– Vous êtes insortables, les gars, mais la concordance est effectivement amusante. Sans doute l'imagier a-t-il forcé les traits du forgeron de l'abbaye ou s'est-il moqué de l'attachement de l'homme pour son animal, poursuit l'historienne, mais il n'y a rien de scientifiquement exploitable. Pour ce qui est de la lecture… peut-être que… souvent les chapiteaux vont par deux…

– Et le message symbolique insiste sur le fait que l'homme doit dompter son animalité, ajoute Philippe. On trouve également de nombreux chapiteaux et gargouilles illustrant la transformation : par exemple, à Strasbourg, une créature à tête de chien avec une main clairement humaine. L'être bestial a la possibilité de devenir homme, à condition qu'il travaille son intériorité et s'élève spirituellement. Ainsi est le chemin.

– Très bonne piste, Tourangeau ; il nous reste à découvrir le deuxième chapiteau ! se réjouit Maryse. On reprendra le sujet quand on l'aura décrypté, ça vous va ?

Les deux hommes approuvent et souhaitent que l'on poursuive par le rouleau scellé, susceptible de donner une explication complète de tout ce mystère. Avant de découvrir le texte, Maryse projette sur le mur le sceau qu'elle avait qualifié à la hâte d'alchimique à l'ouverture du coffret.

ORA LABORA ET INVENIES

Ce sont les anciens collègues parisiens de Madame la conservatrice qui ont envoyé les photos. Ils adoptent la traduction de Philippe, « Prie, travaille et tu découvriras », ce qui apparaît comme une éventuelle analogie avec *Ora et labora*. Liberté individuelle du propriétaire du sceau ? Nul ne peut, pour l'heure, le savoir.

S'affiche ensuite le texte du parchemin, laissant découvrir – d'une encre bleu intense – une écriture petite, fine mais très précise qui suggère que l'auteur est un moine lettré. Compte tenu de l'allusion du sceau à la devise de l'ordre de Saint-Benoît, certes modifiée, personne ne s'étonne de ce que l'épigraphe soit tirée de sa Règle. Celle-ci veut, notamment, qu'une échelle de douze degrés soit gravie pour parvenir à l'humilité : *Omnis qui se exaltat humiliabitur, et qui se humiliat exaltabitur*.

« Quiconque s'élève sera humilié, et qui s'humilie sera élevé », traduit Maryse qui continue à déchiffrer :

« Ai reçu ce coffre, que nous scellons dans la pierre, du sieur Gerbert d'Archambault. Les parchemins ont été emportés par celui-ci de l'évêché de Lausanne. Il a été ordonné à Luxeuil, mais le secret de sa naissance se trouve en Agaune.
Quand tu trouveras, il sera temps de dire.

Le sieur Gerbert est écolâtre pour les moines et les villageois.

Il a marché, il a gravi. *Corona aurea*, soit "couronne d'or." »

Le document n'est pas daté bien qu'il soit signé, ce qui interpelle les fins limiers. Cependant le paraphe est très difficile à déchiffrer. On y lit : « Litté de Lumy, prieur du monastère à Busetiez. »

Et Maryse de poursuivre :

– Busetiez est devenu le Bustier actuel, bien. En revanche, parmi les rares documents concernant l'abbaye conservés aux archives diocésaines à Auch, aucun ne mentionne un prieur dont le nom se rapprocherait de Litté de Lumy. Nous nageons donc en plein mystère. Et regardez cette citation sous la signature : *Voluptas habet pœnam, et necessitas parit coronam,* soit « Le plaisir encourt la peine, l'effort procure la couronne ». Elle est tirée de la *Passion de sainte Anastasie* mais apparaît aussi au chapitre 7 de la Règle de saint Benoît, celui qui traite de l'humilité. Je me souviens d'interminables disputes puisque plusieurs versions de la Règle, émanant de différentes abbayes bénédictines, proposent le mot « effort » pour traduire *necessitas,* une autre propose « contrainte », et un prof de fac que je connais insiste pour traduire par « besoin ». Qu'est-ce qu'on fait ?

– Ton éminent latiniste fait certainement un travail de bénédictin… mais n'en est pas un ! tranche Jacques.

– On s'y replongera plus tard, car il est possible qu'une traduction académique contemporaine ne l'emporte pas sur des textes dogmatiques établis depuis des centaines d'années. Je ne sais pas. Dans tous les cas, ces quelques lignes invalident l'éventualité du passage de Villard de Honnecourt à Minorbes, puisque c'est apparemment Gerbert qui a apporté les manuscrits du *magister latomus*. Dommage… Cependant ma digression de Petitmonde à Minorbes, *minor orbis*, reste valable ! Et si on allait prendre un petit café ? achève Maryse devant les yeux exorbités des deux compères.

– Pour moi, ce sera vanille-chocolat ! clame Bétonnet, resté croché sur les esquimaux à l'entracte.

Accoudés au zinc, les trois amis boivent leur expresso ; les garçons taquinent Bernadette tout affairée en cuisine à préparer la garbure au confit de canard, car ils lui ont commandé un repas léger pour midi. Maryse s'est écartée un instant pour prendre un appel téléphonique.

Jacques de Bétonnet élucubre sur le polar à écrire, se voyant déjà record des ventes avec cette enquête médiévalo-ésotérique.

– On a tout : le trésor découvert dans une abbaye romane en ruine ; le message crypté écrit par un moine mystérieux, et scellé par un cachet alchimique ; le singe savant qui a laissé un poil dans la charnière du coffret et deux feuillets inconnus jusqu'ici du carnet de Villard de Honnecourt. Y a vraiment tout pour cartonner, s'échauffe-t-il.

– On a aussi l'enquêteur franc-maçon, rigole Philippe.

– … et son conseiller compagnon du Tour de France des Devoirs unis ! surenchérit Jacques.

– Bon, Giacometti et Ravenne, on retourne au boulot ? lance Maryse qui réintègre le groupe sur ces entrefaites.

– Moi, c'est Ravenne, déclare Jacques qui profite de la bonne humeur générale et de la perche tendue par l'historienne pour lui révéler qu'il est franc-maçon. D'ailleurs, nous avons le même prénom.

Un brin badin, il est cependant stupéfait d'entendre la réponse que lui fait Maryse : « Dois-je comprendre que *les bois imputrescibles te sont familiers* ? »

Sachant pertinemment que le duo littéraire à succès a fait de son héros un commissaire franc-maçon sur le modèle du coauteur Jacques Ravenne, Maryse n'hésite pas à lever le voile, par le biais de cette question énigmatique, sur sa propre appartenance à la maçonnerie. Et les voilà tous deux à se serrer la main et s'embrasser en se tapant sur l'épaule, à se donner du « mon très cher frère » et « ma bien-aimée sœur ». Et Maryse d'ajouter, ravie de l'effet provoqué :

– Tu ne t'y attendais pas, hein ? Oui, j'ai bel et bien été membre de la Grande Loge féminine de France pendant quelques années, mais je n'en suis plus depuis longtemps.

– Ouf ! s'exclame Philippe, comme ça on ne pourra pas dire que nos découvertes sont une machination de quelque nouvel ordre planétaire ou d'autres illuminés !

Les trois acolytes s'esclaffent et regagnent l'arrière-salle pour poursuivre leurs travaux.

CHAPITRE 9

« JE M'ANNONÇAI À LA PORTE de la royale abbaye comme porteur d'un courrier à remettre en mains propres au père-abbé. Le portier me pria d'attendre. Soudain, je réalisai que le document était sans doute daté et que je ne pourrais justifier les longues semaines qui m'avaient éloigné de ma mission.

"Bon Dieu, Gerbert, indigne messager, qui es-tu pour avoir trahi la confiance de ton abbé de Luxeuil et celle du chancelier de l'évêque de Lausanne ?" maugréai-je.

Un chanoine me guida. Je sentis comme un coup de poignard dans la poitrine dès le portail franchi ; sans doute étais-je oppressé par la falaise qui surplombait l'église. L'édifice avait d'ailleurs essuyé une importante chute de pierres quelques jours auparavant. Nous longeâmes le sanctuaire, laissâmes le puits sur notre droite et traversâmes une cour étroite. L'abbé m'accueillit avec sollicitude et m'invita à prendre place face à lui. Avant de m'asseoir, je lui tendis le rouleau de parchemin, dûment cacheté par Austérien de Bourges, abbé de Luxeuil. L'Agaunois fit sauter la cire et se mit à lire. Son visage restait impassible. Il se passa une éternité, me sembla-t-il, avant qu'il ne lève les yeux vers moi. Il me dévisageait en silence. En fait, j'avais le sentiment qu'il regardait dans mon âme, qu'il lisait en moi comme dans un livre. La panique s'empara de moi, je devais tout lui dire et vite. Lorsque mes lèvres bougèrent pour former le premier mot, il me fit signe de la main afin que je m'abstienne. Je bouillais de l'intérieur. C'est lui qui prit la parole.

"Mon fils, tu es ici dans une abbaye *nullius diœcesis,* qui jouit depuis sa fondation de l'immédiateté pontificale. Ce statut nous a permis de perdurer malgré les luttes de pouvoir et les querelles de succession. Haut-lieu de pèlerinages et de miracles, nous bénéficions des largesses de princes... et de rois. C'est sans doute pour cela que le *primus* de Luxeuil t'a envoyé auprès de nous. Je veux saluer ta droiture, quel qu'ait été ton périple pour parvenir jusqu'ici. En effet, tu n'as pas été tenté de lire le message rédigé par ton abbé. Austérien y raconte en détail un secret bien gardé jusqu'à aujourd'hui, celui de ta naissance. Il m'autorise à te le révéler, frère Gerbert, si tu le souhaites."

Un éblouissement paralysa mon être. Je revis l'homme m'emmenant de chez les vilains, le père lui confiant une bourse, les ruines noircies et le jardinet des simples à l'abandon. Je songeai à mon départ de Luxeuil, à mon inimitié envers le nouvel abbé ; à la résurgence en moi de mémoires cultuelles anciennes et de la tradition des pierres levées ; enfin à ma rapine lausannoise.

– Mon père, finis-je par répondre, mes origines disent celui que je n'ai jamais été. En revanche, pendant toutes ces années au monastère puis sur les routes, je suis devenu ce que je suis.

– Soit, mais sache que je ferai conserver ce document au nom de Gerbert de Luxeuil, afin que toi seul puisses le consulter, si un jour tu souhaites connaître la vérité.

L'abbé se leva, ouvrit une caissette métallique d'où il sortit une bourse de cuir qu'il déposa dans ma main. "Ceci te revient", ajouta-t-il.

L'abbé me fit lever, me donna l'accolade et m'invita à rejoindre le chœur pour chanter la louange perpétuelle, celle-là même qui avait été jadis introduite à Luxeuil par un moine venant d'Agaune. Je déclinai en invoquant un prétexte, le remerciai et pris la route sur un cheval frais. Mes tempes tambourinaient, mon esprit cavalait, ma raison vacillait : qu'il était lâche et laid, celui que j'étais devenu, et pour la seconde fois en quelques jours, je fuyais. Pas question bien entendu de repasser par Lausanne, ni de reprendre un bateau. J'empruntai donc un sentier accidenté au pied des rochers, au sud du lac, et cheminai loin des villes jusqu'à Lyon.

Je fis halte au bord de la Saône, près de l'embarcadère pour l'île Barbe. Libre, je regardai la forteresse monastique en songeant aux reclus qui prient, tout emmurés qu'ils sont. Soudain mon sang s'activa et je crus ressentir la présence de la déesse-mère, célébrée jadis sur cette terre au milieu des eaux. Se pourrait-il que, sur cette *Insula Barbara*, les premiers moines aient été les derniers druides ? Ou que les tonsurés aient caché les barbus puisque leurs croyances et leurs cérémonies étaient devenues *barbares* ? Mais alors, qui s'est rendu à Agaune à l'invitation du roi Sigismond pour fonder son monastère ? Des moines ou des druides ?

Mes impies pensées s'écoulèrent avec le courant. Je poursuivis ma route longeant la rivière et franchis enfin le pont de pierre. Je me précipitai dans la première échoppe de drapier et mentis encore, alléguant que je devais acheter des vêtements pour mon hôte, lequel faisait, à l'œil, à peu près ma taille. Le marchand n'était certainement pas dupe puisqu'il veilla à ce que la tenue soit parfaitement ajustée et me proposa un cône de feutre pour couvrir ma tonsure le temps que les cheveux repoussent complètement. Je louai un lit dans une auberge, me hâtai de retirer ma bure et d'enfiler mon nouvel habit. Je pris soin de dissimuler l'étui contenant les dessins du Picard ainsi que quelques monnaies de bon aloi dans ma chemise, contre ma poitrine. J'entrai dans l'une des nombreuses tavernes du quartier, mangeai et bus jusqu'à ce que je ne me rappelle ni qui j'étais ni d'où je venais. Je crois bien avoir égrené tous les estaminets de la ruelle, nuit après nuit. Enfin, gavé jusqu'à l'écœurement, je repris mon chemin. Je menai tout d'abord le cheval sur la colline d'où je souhaitais saluer le dieu Lug aux grandes mains, Lug qui, pour nos anciens, représentait cette lumière que j'assombrissais avec acharnement au point qu'elle m'était devenue invisible. Au sommet, j'écartai les bras à la façon du jésus des tympans d'église, afin de me gorger de soleil.

Quelques lieues au sud-ouest de l'ancienne Lugdunum, je fus attaqué par des brigands, jeté à terre et laissé pour mort. Lorsque je repris conscience, plus trace de mon cheval ni de mon bissac. En revanche, je sentis que mes richesses, dissimulées sur ma poitrine, étaient toujours là. Je tentai de me soulever, la douleur raidit instantanément tout mon corps, je retombai dans la boue. En tant que moine, j'avais voyagé pendant des mois sans croiser le moindre malandrin. À se demander si la coule monastique ne délimitait pas un espace d'inviolabilité comme les cathédrales. J'appris très vite, et à mes dépens, la vie périlleuse à laquelle l'homme profane est confronté.

Je me mis à marcher, quémandant ou maraudant de quoi manger, buvant à grandes golées l'eau des ruisseaux. Un jour, dans un paysage collineux et verdoyant, je reconnus un tertre des anciens et m'assis au pied d'une pierre levée toute proche. J'observai les attelages des marchands en fond de vallée, nombreux à suivre la route vers l'occident. Plus loin, alors que je longeais le chemin de crête bordé de chênes, j'aperçus un bourg en contrebas, tout tassé au bord de la rivière et dominé par des bâtiments conventuels. Arrivé à la hauteur des premières maisons de bois, disséminées au pied des remparts où les eaux brunâtres et fétides des tanneries se déversaient, je m'enquis du nom du lieu. La vilaine me lança que si j'étais venu pour trouver de l'or, il me fallait remonter la Jordanne. "Ici il n'y a que boue et misère", ajouta-t-elle avant de disparaître derrière les planches ajourées de sa cabane. Magiquement, mes pas m'avaient conduit à Aurillac, la patrie du Gerbert dont je portais le nom, ce maître du *Trivium* et du *Quadrivium* – les vertus et les sciences, *voces et res* – dont l'étude avait occupé toute ma jeunesse, entre cellule et *scriptorium*, à l'abbaye de Luxeuil.

Aurillac, "or il y a", m'inspira la *langue des oiseaux*, alors que mes yeux ne voyaient que pauvreté et que mes pieds baignaient dans une pestilence rougeâtre. La richesse, à Aurillac, se trouvait plus haut, en amont du pont et de la porte gardée, passage étroit qu'il convenait de franchir. Car il faut s'élever pour trouver l'or, la lumière de l'esprit. Tel était le message que Gerbert, le moine philosophe écolâtre de Reims, s'était évertué à transmettre aux estropiés comme aux rois.

Colomban, fondateur du monastère de Luxeuil, était adepte du monachisme celtique et thaumaturge. Il détenait la tradition et connaissait l'art royal des bâtisseurs, tout comme Gerbert qui, justement, avait reçu en jouissance les territoires abbatiaux de Bobbio, sur les contreforts appenins. Là prospérait encore une petite communauté bénédictine, fondée jadis par le druide irlandais qui y acheva son parcours terrestre. Gerbert avait marché dans les pas de Colomban.

En arrivant à Aurillac, je pensai un instant marcher dans les pas de mon illustre prédécesseur, mais c'est tout juste si j'effleurai l'empreinte de ses sandales. Par l'étude des arts, j'ai été un moine savant, sachant, mais ignorant tout de la connaissance.

Voilà ce que j'avais à vous dire, conclut le défroqué à l'intention de Litté de Lumy qui l'avait écouté, immobile. Nous nous sommes ensuite rencontrés de bien abrupte manière sur la place du marché. Il tritura sa longue mèche tressée. J'ai volé un sac de vos simples guérisseurs à la faveur du retournement de votre charrette... Le singe... Je... »

Litté de Lumy savait que Gerbert était allé au plus profond de son être en se mettant à nu devant lui. Le moine-bâtisseur releva l'homme et l'invita à faire quelques pas hors les murs. En silence, tous deux recueillirent la sagesse d'un chêne plusieurs fois centenaire, se lavèrent le visage et les mains au ruisseau d'une eau sans cesse renouvelée, se régénérèrent sur une grosse pierre. Ils marchèrent jusqu'à la croix nimbée au croisement des chemins, gravée d'entrelacs émergés du lichen. Ils revinrent au chantier alors que les travaux étaient suspendus, les ouvriers étant rentrés dans leur foyer et les moines vaquant à d'autres tâches. Litté fit entrer Gerbert par la porte nord et le précéda dans les escaliers menant à la crypte encore ouverte sur le ciel. Une grande dalle irrégulière était posée au centre, à l'emplacement prévu pour l'autel. Gerbert l'identifia immédiatement.

« Nous parlerons demain », dit Litté de Lumy. Il se signa et se retira.

Gerbert d'Archambault s'agenouilla, puis s'étendit, bras écartés, face contre terre sur la pierre dolménique des anciens. Cette fois, rien ni personne ne le contraindrait à se relever et partir, il avait toute la nuit pour mourir, mourir au vieil homme. Et devenir.

CHAPITRE 10

Maryse Séailles, Jacques de Bétonnet et Philippe Chaillou scrutent la projection du sceau du mystérieux prieur de l'abbaye de Bustier.

– Regardez, fait Jacques, l'espace entre le R et le A de ORA est supérieur à l'espace entre les deux mêmes lettres dans LABORA. On trouve ce genre d'accident parfaitement volontaire dans nombre d'inscriptions ésotériques où il convient d'accoler la dernière lettre au mot suivant par exemple, mais ici ALABORA ne veut rien dire. L'espace peut également contenir une lettre supplémentaire que l'on n'a pas voulu inscrire afin de conserver intacte la signification secrète du message. Mais laquelle ?

– J'ai une piste, continue Philippe, voyons le sceau comme une montre : *Labora* à midi ; *Et* à 3 heures ; *Invenies* à 6 et *Ora* à 9 heures. La logique de l'ordre des mots est conservée si l'on commence la lecture par *Labora*. Cela donne :

LABORA ET INVENIES OR A.

– Donc « Travaille et tu découvriras… quelque chose en or », réfléchit Maryse.

– Ça, c'est alchimique, travaille et trouve l'or, lance de Bétonnet.

– Sauf que le message est en latin et que l'or se dit *aurum*, poursuit la plus latiniste des trois, mais ce qui pourrait s'en rapprocher serait *aurea*, « en or » au neutre pluriel. Écrire *orea* me semble tout à fait possible comme orthographe médiévale. Dans ce cas, c'est le E qui est escamoté, suggéré par l'espace plus grand entre les lettres. Ce qui nous aiguille vers une signification hermétique, comme Jacques vient de l'expliquer, et favorise la seconde lecture secrète du sceau. Nous aurions donc : « Travaille et tu découvriras des choses en or. » Ça fait sens, qu'en pensez-vous ?

– Si on retourne au texte manuscrit du parchemin, on a *corona aurea*, « Il a marché, il a gravi. *Corona aurea* » : la phrase pourrait signifier que le personnage a cheminé, s'est élevé spirituellement et a obtenu la couronne d'or, autrement dit qu'il a trouvé la lumière, qu'il a atteint la connaissance ou la vérité, se hasarde Jacques dans un élan de symbolisme. Cette hypothèse serait corroborée par la sentence finale : *Le plaisir encourt la peine, l'effort procure la couronne*. La repentance – mieux, la rédemption – ou l'important travail pour devenir meilleur permet d'atteindre les sommets de l'élévation spirituelle symbolisés par la couronne qui est toujours placée sur ou au-dessus de la tête, soit couronnement dans l'esprit.

– Pour ton professeur qui traduit *necessitas* par besoin, c'est peut-être pas si faux, car s'il y a besoin, c'est qu'il y a manque. Or, accomplir les tâches nécessaires à combler un manque – donc répondre au besoin de quelqu'un –, c'est aussi œuvrer pour l'œuvre. Les compagnons font ce qui doit être fait. Point. Et si ce travail est au service d'une cause noble, elle permettra à l'artisan de s'élever. C'est la même chose, on va pas pinailler, non ? se permet Philippe.

– D'après le texte, Gerbert d'Archambault aurait d'abord été humilié, puis aurait fait preuve d'humilité, ce qui lui a permis de s'élever, et pourquoi pas grâce à un travail humblement effectué ? D'autant plus s'il s'agit d'un travail de transformation. Et puisque le mystérieux prieur l'appelle *sieur*, c'est que Gerbert n'est pas soumis à la Règle.

– Certes, mais il a été ordonné à Luxeuil. Aurions-nous affaire à un défroqué ? De plus, il est dit qu'il a *emporté* les parchemins de l'évêché de Lausanne, un euphémisme pour signifier qu'il les a volés ?

– Alors Gerbert serait un moine voleur qui s'est défroqué par remords ?

– Et si le secret de sa naissance se trouve à Saint-Maurice, c'est que son origine, donc la lignée dont il est issu, doit être prestigieuse. Un bâtard de noble, voire de roi ?

– Ainsi Gerbert serait bâtard, moine et voleur en plein Moyen Âge. Wouahou, c'est passionnant ! jubile Jacques.

Et Maryse de reprendre la main : « Le Gerbert le plus célèbre est Gerbert d'Aurillac qui devint le pape de l'an mil sous le nom de Sylvestre II.

C'était un brillant intellectuel et mathématicien qui, lui-même, a enseigné le *Trivium* et le *Quadrivium*, en qualité d'écolâtre, notamment à Reims. On pourrait donc imaginer que notre moine – ordonné à Luxeuil – a pris le nom de Gerbert en mémoire de Gerbert d'Aurillac. Le futur pape s'est vu attribuer par l'empereur Otton le prestigieux monastère de Bobbio dont le *scriptorium* est connu dans toute l'Europe de l'époque et où sont enseignés les arts. Bien sûr, Bobbio a été également fondé par Colomban, mais je ne vois aucun rapport. À part l'enseignement et peut-être le fait que notre sire d'Archambault ait été formé à l'enluminure et qu'il y ait eu un *scriptorium* à Bustier. »

– Notre Gerbert a justement été écolâtre pour les moines et les villageois, c'est donc qu'il a enseigné les arts libéraux à la fois à Bustier et à Minorbes. Tout au moins a-t-il appris aux clercs comme aux manants à lire, à écrire et à calculer, synthétise Philippe pendant que Maryse tapote sur son clavier.

– T'es aussi en train de chercher le village d'Archambault ? demande Jacques vissé sur sa tablette.

– Suite logique, fait Maryse, mais je ne trouve que Bourbon l'Archambault entre Moulins et Bourges.

– Pas mieux, rétorque Jacques.

C'est à ce moment-là que Bernadette entre, après avoir dûment frappé sans que personne ne lui ouvre, et invite ses hôtes à passer à table. Deux gars du village boivent l'apéro au bar, un couple de touristes attablé est visiblement ravi de déguster la fameuse garbure de la patronne. Maryse, Jacques et Philippe s'installent à la table ronde.

– Vous prendrez bien un petit verre de vin sauvage, le champagne de Gascogne, pour vous ouvrir l'appétit ? entonne Bernadette.

~ ∞ ~

Pendant le repas, les spéculations sur l'identité de Gerbert vont bon train. Il est retenu que l'enfant illégitime, pour avoir été envoyé dans un monastère pour étudier, devait être le fils d'un homme très puissant ou d'une femme de la noblesse, dont les terres devaient éventuellement constituer un enjeu politique pour la Couronne de France. On aurait donc éloigné le potentiel successeur sans le tuer. Le fait que le message dise que le secret de sa naissance se trouve à l'abbaye de Saint-Maurice d'Agaune laisse entendre que le principal concerné ignore qui il est, ou qu'il n'y attache aucune importance.

Jacques et Philippe devant retourner dès le lendemain à l'inventaire des murs de Bustier, on convient que Maryse contactera l'abbaye de Saint-Maurice dans le canton du Valais ainsi que l'archevêché de Besançon auquel était rattachée l'abbaye de Luxeuil et fera des recherches sur la seigneurie de Bourbon l'Archambault.

– À propos de l'archevêché de Besançon, est-il exact, Philippe, que le diocèse de Lausanne en faisait partie ? demande Maryse.

– Écoute, je n'en sais rien, n'oubliez pas que ma spécialité, c'est la pierre et non les archives poussiéreuses et autres livres d'histoire, répond-il en riant.

– En matière de poussière… c'est bien toi qui en produis le plus, blague Jacques en pensant aux tailleurs de pierre à la silhouette fantomatique, tant ils sont crépis de la poussière générée par les scies circulaires et ponceuses modernes.

– C'est vrai qu'on ne voit pas beaucoup de poussière dans les ateliers maçonniques…

rétorque Maryse, contente de sa plaisanterie d'*insider*. Si la majorité des maçons taillaient effectivement leur pierre, avec force et vigueur, ce n'est pas une canne mais un balai que promènerait le maître des cérémonies !

– N'oublie pas qu'on trouve en maçonnerie ce qu'on y apporte, que chacun avance à sa vitesse…

– … et qu'on reste toujours un apprenti ! Oui, Jacques, je connais mes classiques. Il n'empêche que certains maçons et maçonnes ronronnent davantage qu'ils ne se questionnent, n'attendant que de monter en grade, comme dans la plupart des institutions hautement hiérarchisées. C'est bien dommage. Cela dit, j'ai quand même des souvenirs extraordinaires. Et j'aime bien tes réflexions autour de l'alchimie : c'est elle aussi qui, à l'époque de mon initiation, m'a aidée à entrer dans l'univers des symboles, enchaîne Maryse. Et puis microcosme et macrocosme, la table du Bateleur du tarot qui n'a que trois pieds et, bien sûr, les trois fenêtres grillagées comme celles de la tour de sainte Barbe qui, pour les alchimistes, représente l'athanor, le four qui transforme la matière par le feu et simultanément l'esprit de l'opérateur…

– Si vous permettez, la fratrie, interrompt Tourangeau l'ami du trait, ce sont justement les métiers de transformation de la matière qui sont admis dans nos rangs. Et pour répondre à ta question, Maryse, l'évêché de Lausanne était en effet suffragant de l'archevêché de Besançon, et ceci jusqu'en 1801, si j'en crois le site du diocèse Lausanne-Genève-Fribourg.

– Grand merci, la coterie…

– Ah non, Maryse, à l'Union compagnonnique on dit « pays » et pas « coterie », précise Philippe.

– Pardonne l'ignorance d'une profane, ce que je voulais dire est qu'on voit bien que les compagnons restent des opératifs en toute circonstance. Alors merci, mon… pays ! Que voilà une information intéressante. Cela pourrait expliquer que notre moine ait fait le voyage de Luxeuil à Lausanne pour des questions administratives ou une élection, par exemple celle d'un nouvel évêque.

– Tu consulteras justement la liste des évêques de Lausanne : peut-être que l'un d'eux a un lien direct avec Luxeuil. Cela pourrait nous donner une estimation de date car, pour l'instant, tout le XIIIe siècle est ouvert, dit Jacques à l'attention de l'historienne.

Toute guillerette, Bernadette apporte trois coupes de glace aux pruneaux d'Agen et laisse, à tout hasard, la bouteille d'armagnac sur la table. Après avoir salué les deux touristes qui eux n'ont pas dédaigné le petit verre supplémentaire – bien que la crème glacée fort onctueuse en fût déjà généreusement imprégnée – ce sont des mousquetaires quelque peu alourdis qui retournent dans la salle du fond afin de poursuivre leur enquête.

Les trois investigateurs décident de faire encore le point avant de se séparer. Jacques se saisit d'un feutre et s'installe devant une large feuille.

« Nous avons :

- Un coffret métallique dissimulé dans la salle capitulaire d'une abbaye gasconne du XIIIe siècle ;
- Ce coffret est orné d'une spirale identique aux pentures de la porte de l'abbaye et c'est un singe qui l'a forgé ! Non, d'accord, un poil de singe a été trouvé dans la charnière dudit coffret ;
- La représentation d'un forgeron barbu sur un chapiteau de la crypte ;

- Un cachet de cire avec inscription que l'on peut lire de deux façons : *Prie, travaille et tu découvriras* ou *Travaille et tu découvriras les choses en or.*
- Un message énigmatique sur un morceau de parchemin, non daté mais signé par un certain Litté de Lumy, prieur inconnu au bataillon ;
- Un héros, Gerbert d'Archambault, moine défroqué écolâtre, qui a passé de l'humiliation à l'humilité ;
- Le secret de sa naissance se trouve à l'abbaye d'Agaune aujourd'hui en Suisse. Nous en avons déduit qu'il pourrait être le bâtard d'un grand seigneur ;
- Un lien concernant son prénom avec Gerbert d'Aurillac, savant écolâtre devenu pape sous le nom de Sylvestre II. Notre Gerbert est ordonné à Luxeuil, monastère fondé par Colomban, et Gerbert d'Aurillac a été abbé de Bobbio, également fondé par le moine-druide. N'y aurait-il pas dans tout ça quelque chose de celtique, autrement dit émanant de la tradition préchrétienne ?
- … et une cuisinière vraiment aux petits soins pour nous ! »

– Ai-je oublié quelque chose ?

– L'essentiel ! s'exclame Maryse. Deux folios inconnus du carnet de Villard de Honnecourt emportés ou volés à Lausanne. Bien sûr en cours d'authentification à Paris.

CHAPITRE II

Que voulez-vous faire maintenant ? demanda Litté de Lumy à Gerbert resté debout devant la table de travail.

– Je souhaite donner ce que j'ai reçu. Je sais lire et écrire, je maîtrise arithmétique et géométrie et j'ai passé de longues heures à copier et enluminer des manuscrits dans le *scriptorium* du monastère. Ma tête est remplie de savoirs, mais mon esprit est en quête de connaissance. Je souhaite apprendre le partage dans la transmission de ce que j'ai appris, car tout maître se nourrit et progresse des questionnements de l'apprenti.

Mon cœur est sec comme le vieil arbre. Pourtant, je ressens les énergies de la nature, je perçois les courants telluriques régénérateurs canalisés par les anciens pour le bien de l'homme, j'invoque même les anges parfois. Mais je n'en fais rien, incapable de percer l'armure dans laquelle je me suis enfermé. Je dois apprendre à mettre en pratique pour moi-même les vertus de l'amour, ce flux de vie qui sourd comme une eau claire à l'intérieur de notre propre temple. Pour ce faire, je pressens avoir besoin des autres. Le chemin, s'il n'est que solitaire, s'assèche jusqu'à devenir une voie caillouteuse sans espoir de renouveau, sans la moindre pousse qui reverdirait au sortir de l'hiver. Il n'y a que l'amour qui permette de mourir et renaître. Peut-être est-ce cela que l'on nomme le don de soi ? Je veux me donner aux hommes pour tenter, ensemble, de nous améliorer. C'est ainsi, l'abbé, que je désire servir l'œuvre.

– Prenez place, mon frère, dit Litté de Lumy après un instant de silence qui n'avait rien de pesant. Par son sourire et sa main ouverte, le moine sut alléger et vivifier le cœur de l'homme qui se tenait devant lui.

Longuement, Gerbert expliqua qu'il n'était pas fait pour la prière ni la réclusion dans un monastère, mais bien pour développer dans le siècle sa *capacité de Dieu,* telle que l'avait exprimée Bernard de Clairvaux. Pour le manant d'Archambault, le sacré était partout ; il lui suffisait de voir avec ses yeux intérieurs pour comprendre que le vivant, à chaque instant, témoignait d'une puissance transcendante invisible et indescriptible. Selon ses convictions, l'ouverture à la beauté du monde ne saurait être l'apanage de quelques clercs lettrés. C'est pourquoi il souhaitait instruire les plus humbles afin que ceux-ci puissent, eux aussi, accéder au sacré dans leur quotidien et communier avec la terre qu'ils travaillent et qui, en retour, les nourrit. « Donner et recevoir », dit encore Gerbert.

Litté de Lumy exprima quelques réserves sur la vision du monde développée par le défroqué, dans le sens qu'il vaudrait sans doute mieux la taire : « L'Église n'est pas prête à entendre ; et encore moins notre archevêque ! » Cependant, il ne voyait aucune entrave à ce que Gerbert enseigne à lire et à écrire aux villageois, mais insista sur le fait qu'ils devraient parvenir d'eux-mêmes à élargir leur pensée. Gerbert se contenterait d'instruire, sans suggérer quoi que ce soit qui pût influencer ses ouailles. « Pour ce qui est de votre enseignement au monastère, il ne devra se baser que sur les textes canoniques, que vous connaissez d'ailleurs parfaitement, et les ouvrages de notre bibliothèque. En revanche, j'aurai toujours beaucoup de joie à arpenter la campagne avec vous et marcher sur le sentier des pierres levées », conclut le moine.

~ ∞ ~

Gerbert commença son enseignement auprès des novices, fort appliqués et disciplinés. Jour après jour, il se surprit à découvrir un sentiment qu'il n'avait jamais éprouvé : la joie. *Gaudium* ou *laetitia* ? Il devrait prendre le temps, un jour, d'y réfléchir. Cette joie si simple se développait au cœur de l'atelier, atteignant simultanément l'écolâtre et ses élèves. L'émulation qui régnait sous l'appentis gagna rapidement les moines occupés à la construction. Vaquant à leurs tâches, ils tentaient toujours de s'approcher afin d'entendre quelques bribes de ce qui se disait. Gerbert n'était pas dupe de leur manège, il se réjouissait de l'intérêt pour l'apprentissage que manifestaient les ouvriers à la coule noire.

Rapidement, l'ensemble des frères semblèrent touchés par la lumière qui irradiait de Gerbert. Il en découlait une énergie démultipliée à l'ouvrage, chacun s'appliquant à progresser, soignant les détails, cherchant à faire toujours mieux. La ferveur aux offices s'en était également accrue, comme si les moines s'étaient miraculeusement élevés et communiaient dans une légèreté rayonnante. Alors que l'écolâtre n'assistait jamais à la messe, la question de la laïcité retrouvée de Gerbert fut mise à l'ordre du jour du chapitre : pouvait-on décemment convier un défroqué à enseigner les arts à une communauté monastique ? Le parfait respect des règles de l'Ordre et des contraintes établies par Litté de Lumy fut mentionné. On s'attarda aussi sur le travail de Gerbert qui, en dehors de ses heures d'instruction, sarclait et arrosait les carrés de simples, ces herbes médicinales que les moines récoltaient et vendaient au marché.

Le résultat du vote fut parfaitement lumineux : pas un seul moine ne s'opposait au statut particulier de Gerbert. Bien au contraire, l'homme fut salué pour ses capacités et ses vertus. On convint même que Gerbert pourrait manger au réfectoire, à une table séparée. Le chapitre décida qu'après la fin du travail sur le chantier et avant les vêpres – afin de profiter encore de la lumière du jour –, un enseignement de Gerbert serait ouvert à tous, frères lais, convers, charpentiers et maçons. Pour ce faire, on décida de pourvoir le chauffoir de tables et de bancs. En été, l'école se ferait sous l'appentis. Le prieur chargea le cellérier de doter l'abbaye en calames, plumes d'oie, tablettes de cire et parchemin. Pour les leçons de géométrie, il ajouta à la commande quelques règles et des compas. Litté de Lumy sentait que ce mouvement initié par Gerbert ne s'arrêterait pas, que l'homme, religieux ou non, aspirait au savoir. La connaissance en découlerait. Sa communauté de Busetiez serait innovante, elle en avait la volonté et les moyens. Lui, l'abbé, la soutiendrait, même s'il fallait pour cela s'opposer à l'évêché. Litté s'inclina en souhaitant que tout homme sache faire la part des choses.

~ ∞ ~

Au village, les jours de grand marché, on avait remarqué que, désormais, les moines notaient sur une tablette les sommes reçues en échange de leurs produits ; qu'ils lisaient un argumentaire pour expliquer les vertus des simples et des pommades ; qu'ils recherchaient dans un livre le nom des maux, maladies et autres suppurations que leur décrivaient les chalands. Rapidement, la rumeur était parvenue dans toutes les maisons et les échoppes que le monastère disposait d'un maître qui enseignait à lire et à écrire, mais aussi à calculer avec des signes que l'on qualifiait d'arabes. Un marchand de draps se rappela avoir fait venir d'Amiens des cocagnes de *waide* de Picardie ainsi qu'un large ballot de ces plantes séchées. L'homme qui lui avait passé commande n'était pas un religieux, pourtant il comptait bien récupérer des graines pour les semer dans le jardin du monastère. Il avait expliqué qu'à partir de la pâte de guède –*waide* étant son nom en picard– il voulait extraire des pigments afin de fabriquer une encre « aussi bleue que le ciel » pour les enluminures qui seraient réalisées dans le *scriptorium* du monastère. Le marchand évoqua la voix douce et le regard profond de ce personnage aux mains délicates.

– Pour sûr, c'est bien lui l'écolâtre ! Et puis il a une fine tresse qui lui descend jusqu'au bas du dos, ajouta, amusé, le drapier du nord.

– Mais c'est notre beau sire ! s'exclama Austreberthe qui serrait contre son giron la poule qu'elle venait d'acheter.

Un cercle se forma instantanément autour de la lavandière ; de toutes parts on la pressait de raconter tout ce qu'elle savait de cet homme. Depuis quand était-il au village ? Comment s'appelait-il ? D'où venait-il ? Oppressée, la gorge nouée et le cœur en panique, la jeune fille bouscula les badauds et s'enfuit en courant, la poule battant des ailes au bout de son bras tendu.

CHAPITRE 12

PHILIPPE ET JACQUES sont de retour à l'abbaye de Bustier pour l'inventaire des travaux d'urgence à effectuer avant la campagne de restauration complète. Philippe inspecte l'usure des murs de soutènement, évalue l'érosion des pierres ouvragées pendant que Jacques relève les mesures de l'édifice avec un télémètre laser.

Les compères ont évidemment commencé leur journée dans la crypte. Le chapiteau de *Tubal Kong,* forgeron aux allures de singe, doit révéler son message et les deux hommes cherchent son pendant symbolique. La surface restreinte mais harmonieuse de la crypte n'avait nécessité que quatre piliers porteurs, pour le moins hétéroclites : l'un au fût lisse depuis le tailloir, sans astragale ; un autre orné de motifs végétaux ; enfin celui de *Tubal Kong* et son alter ego auquel ils donnent le nom de *chapiteau du couronnement*. Celui-ci représentait un personnage portant un bonnet d'initié, debout devant une écritoire, couronné par l'archange Michel. Ils photographient le chapiteau sous tous les angles. Ils prennent également de nouveaux clichés des faces du *Tubal Kong*, ayant vu un moine – identifiable à sa capuche – porter la maquette d'une église. « C'est le commanditaire ou l'architecte », note Jacques qui prend une photo avec son portable et l'envoie à Maryse. Philippe, familier des surfaces de toute pierre taillée ou sculptée, remarque des traces de couleur sombre sur le manteau du personnage du *couronnement*. Il demande à Jacques de faire un gros plan sur les plis du tissu et de le faire suivre à la patronne. La réponse de Maryse ne tarde pas : « Traces de peinture ? Faites un prélèvement, le plus soigneusement possible, merci les gars ! » Jacques s'exécute.

Le directeur des affaires culturelles et le compagnon passent la fin de la journée et la suivante à compiler les données recueillies à Bustier et rédiger leur rapport pour les MH. Maryse Séailles les a autorisés à puiser largement dans son classeur N° 12 – BUSTIER SUR ABRENÇON qui contient tous les projets d'étudiants qu'elle y a supervisés. L'échantillon de peinture est envoyé à Nicolas, copain de longue date de Maryse et directeur d'un laboratoire d'archéométrie près de Bordeaux.

~ ∞ ~

Chez elle à Condom, l'historienne commence ses recherches en ligne. Côté Luxeuil, la bibliothèque diocésaine de Besançon renvoie aux archives départementales de Haute-Saône où sont répertoriés les documents des établissements religieux réguliers. Les archives de Luxeuil mesurent 6 mètres 40 linéaires et ne détiennent aucun acte original antérieur au XIIe siècle. Côté Saint-Maurice d'Agaune, les AASM sont également disponibles sur Internet. L'historienne parvient au fonds Charles, inventaire des archives de l'abbaye de 515 à la fin du XVIIIe, classées par paquets dans pas moins de 76 tiroirs. Ayant encouragé et soutenu financièrement la numérisation des archives de nombreux établissements quand elle travaillait au musée de Cluny, Maryse se retrouve pourtant submergée par la quantité de documents en ligne. Pour dire vrai, Maryse Séailles bénit le ciel d'avoir pris sa retraite alors qu'il y avait encore des contacts humains dans les services ; elle n'aurait pas supporté de passer ses journées sur un clavier à interroger une machine. Elle assume appartenir à la vieille école et adresse donc des courriels personnels aux conservateurs. Elle se rend compte qu'il faudrait un miracle, tant la tâche de rechercher au XIIIe siècle, entre Luxeuil et Agaune, un moine du nom de Gerbert, originaire de Bourbon l'Archambault en Berry et bâtard d'un ou d'une noble de la région semble démesurée.

Elle a lu qu'à Saint-Maurice, le grand incendie de 1693 avait détruit la plus grande partie des bâtiments conventuels, dont les appartements du prévôt. Et il y a fort à parier qu'un document sulfureux ait été conservé plutôt dans les papiers personnels de l'abbé que dans les archives ouvertes à tous, surtout si ce texte établissait l'identité du fils illégitime d'un prince ou d'un roi, probablement généreux donateur de l'abbaye. Peu d'espoir donc de ce côté-là.

Maryse déploie ensuite, sur la table de sa cuisine, une grande feuille blanche au centre de laquelle elle écrit : VdH 1200-1250, dates de naissance et mort du *magister latomus* picard, auteur présumé des dessins retrouvés dans la caissette à Bustier. Gerbert d'Archambault l'a peut-être rencontré à Lausanne, en tout cas il y a trouvé deux pages du fameux carnet. Et comme la présence de Villard est attestée en Hongrie en 1235, et que cette même année, un gros incendie fit fondre le toit en plomb de la cathédrale de Lausanne ainsi que les cloches et éclater les verrières, l'architecte et le moine y sont forcément allés avant. Maryse note que la rose de Lausanne est mentionnée comme étant terminée en 1232. Il est donc probable que Villard soit passé par le Léman bien avant l'achèvement du remplage, hypothèse qui expliquerait pourquoi le croquis de la rosace de son carnet n'est pas fidèle à la réalité. Puisqu'elle a été commencée en 1205, Villard – qui devait avoir au moins vingt ans – l'aurait vue en cours de réalisation, entre 1225 et 1229 au plus tard, ce qui laissait assez de marge pour placer les vitraux. Maryse ajoute donc sur la grande feuille « Lausanne 1225 ».

L'historienne se lève, enclenche la bouilloire et sort du placard son *mug* préféré, acheté à la boutique du chantier médiéval de Guédelon. Il est orné d'ouvriers des différents *mestiers* de bâtisseurs, en train d'élever les murs d'un château. Elle s'installe devant l'ordinateur et clique sur la liste des seigneurs de Bourbon l'Archambault. Elle réalise avec plaisir que plusieurs femmes sont dames de Bourbon dès la moitié du XIIIe siècle. La piste de la noble lignée de la mère a été évoquée avec Jacques et Philippe. Elle pourrait justifier l'envoi du bâtard dans un monastère pour y étudier.

« Laquelle de ces dames serait susceptible d'avoir eu un enfant illégitime qui, moine ordonné, aurait rencontré Villard de Honnecourt à Lausanne en 1225 ? Voyons… »

Impatiente, Maryse tape dans son moteur de recherche et clique sur la première entrée. Elle isole rapidement celle qui veilla aux destinées du château et de ses possessions de 1173 à sa mort en 1218, et qui pourrait remplir ces conditions : il s'agit de Mathilde Ire dite également Mahaut de Bourbon, née vers 1165. Malgré le fait que la source de cette information soit une encyclopédie collaborative dont l'historienne n'est pas coutumière, elle y lit que Mahaut a divorcé de son premier mari à son retour de croisade en 1195, et qu'elle se remarie l'année suivante avec Guy II de Dampierre, un proche du roi capétien.

– Scénario idéal, s'amuse-t-elle. Le mari aux croisades, la femme a une aventure et tombe enceinte. À son retour de Terre sainte, le chevalier découvre que dame Mahaut a mis au monde un garçon dont il ne peut pas être le père et demande le divorce. C'est parfait !

Fatiguée, l'historienne termine sa tisane et passe à la salle de bains. Pendant qu'elle se brosse les dents, elle prévoit de commencer le lendemain matin par chercher un lien avec Gerbert d'Aurillac qui fut, notamment, archevêque de Reims. « Reims ? Mais c'est là que les Capétiens sont couronnés et ce Gerbert-là a contribué à les asseoir sur le trône de France », conclut-elle en se glissant sous la couette. Maryse éteint simultanément son cerveau et la lumière.

CHAPITRE 13

La femme longea le muret de pierres plates, dépassa le bosquet d'acacias duquel s'élevait, dans la fraîcheur matinale, le seul chant d'un oiseau messager des dieux, puis remonta le cours de l'Abrençon, marchant entre mousses et herbes hautes jusqu'à la nouvelle abbaye. Elle tenait son enfant par la main. La cour était déjà bien animée par les allées et venues des ouvriers. Elle reconnut Ayneau, le fils du tavernier qui poussait une charrette et lui fit un petit signe. N'osant s'adresser à qui que ce soit, elle resta immobile avec l'enfant, tel un gnomon dans l'attente du lever du soleil. Après un temps qu'elle aurait été bien incapable d'évaluer, une silhouette familière s'approcha d'eux.

– Soyez dûment saluée, gente dame, et toi aussi, joli damoiseau, dit Gerbert de sa voix chaude.

– Bon matin, notre beau sire, répondit Mathilde très intimidée. Voici mon fils Rosan ; son père est mort l'année dernière.

– Soyez les bienvenus. Je n'ai pas su pour votre mari, dame Mahaut, j'en suis peiné. Puis-je faire quelque chose pour vous ? demanda-t-il en dirigeant la mère et son garçon vers l'appentis qui servait d'école.

– C'est-à-dire… Je…. Mon fils… La femme se ressaisit. L'autre jour, alors que nous passions la croix de Belanne à la croisée des chemins, Rosan m'a dit qu'il voulait apprendre à lire et à écrire. Si vous acceptez de lui enseigner, je vous payerai par mon travail.

– Ainsi, Rosan, tu veux apprendre à lire ? s'enquit Gerbert en posant le genou à terre afin de se placer à la hauteur de l'enfant. À lire et à écrire ?

– Comme toi, je veux raconter des histoires aux filles et regarder les beaux dessins.

Le visage du garçon s'était illuminé. Mathilde avait dû raconter en famille leurs rencontres au bord de la rivière.

– Ton envie est louable, je m'en réjouis, poursuivit le maître en se relevant.

– Nous avons parlé au village et nous pensons… reprit Mathilde. Nous croyons que si nos jeunes apprennent à lire et à compter, ils pourraient faire d'autres métiers que ceux de la campagne qui permettent à peine de nourrir les familles. Ils parleraient une belle langue que les voyageurs et les marchands comprendraient.

– Je salue votre ambition et vos espoirs. Il faudra trouver un lieu pour travailler, mais soit, j'enseignerai à vos fils, et à toi en premier, mon garçon, lança-t-il à l'attention de Rosan qui lui prit la main.

– C'est que… se risqua la mère. Comment dire…

– Que se passe-t-il, dame Mahaut ? interrogea Gerbert.

– Ma foi… Austreberthe aussi veut apprendre à lire.

L'écolâtre fut pétrifié par cette annonce ; nulle parole ne put sortir de sa bouche. Lui qui voulait œuvrer pour ses semblables, permettre à chacun d'élever son niveau de connaissance et jouir de la beauté du monde, eh bien, pas un instant son esprit n'avait envisagé d'enseigner aux femmes. Les mots de Mathilde avaient allumé un feu intérieur, un questionnement foisonnant. Le cerveau de Gerbert, mais surtout son cœur, avait jusqu'ici ignoré la moitié de l'humanité. La lavandière venait de lui faire comprendre que les femmes, comme les hommes, aspiraient au savoir et étaient dignes d'y accéder.

La honte envahit sa poitrine et empourpra ses joues, cette honte qui le renvoya à l'enfant abandonné, au moine fuyant, au lettré voleur qu'il avait été au cours de son existence. Il entendit Litté de Lumy évoquer « ses rapines répétées ». Oui, Gerbert a volé tout au long de ces années la dignité des femmes, acceptant sans ciller que celles qu'il côtoyait fussent vilaines, servantes ou lavandières, mais toutes incultes. Il pensa « Mais… je ne savais pas », avant de rejeter cette excuse intolérable, même humiliante, pour un homme instruit au plus haut niveau des arts. L'homme invoqua un soudain malaise dû à la fatigue et raccompagna la femme à l'enfant jusqu'au chemin et promit de donner des nouvelles bientôt. Revenant sur ses pas, il se retourna et vit Rosan lui faire un geste de la main avec un grand sourire. Il lui rendit le signe et fut surpris de sourire à son tour. La gaieté, la bonté et l'innocence de l'enfance lui avaient cruellement manqué. Ce soir-là, après l'école, Gerbert alla étaler son corps sur la pierre dolménique de la crypte en souhaitant que la lumière vienne éclairer son cœur.

~ ∞ ~

Aux premières lueurs du jour, il remarqua que l'élévation des murs avait progressé ; bientôt on placerait les colonnes de soutènement pour terminer la voûte. Il gravit les degrés et se dirigea vers la pièce où tant de fois l'abbé l'avait écouté. Or, on lui apprit que Litté de Lumy était parti avant l'aube. Personne ne savait où il était allé ni quand il rentrerait. Gerbert tressaillit. Ses tempes cognaient, il se crut debout au bord d'une falaise, fouetté par le vent ; le gouffre s'ouvrait devant lui. Une bourrasque le fit basculer, il tenta un mouvement vers l'arrière comme pour s'accrocher à quelque chose ; l'obscurité envahit sa tête ; il tomba. Deux moines se précipitèrent : Gerbert gisait à quelques pas de la salle capitulaire. Ils le portèrent jusqu'à sa mansarde, on fit préparer une décoction odorante, on brûla quelques racines. Lentement, au son d'une bien étrange mélopée, comme une lente prière, Gerbert émergea du néant. Son regard croisa celui – bienveillant et rempli d'amour – du frère qui le veillait. Il se souvint de la sensation de vide, de chute, de mort qui l'avait submergé. Il but quelques gorgées puis relâcha sa nuque et s'endormit. Son corps inondé de sueur sursauta quelques fois, des mots incompréhensibles se glissèrent entre ses lèvres, puis le calme revint.

À son réveil, il fut accueilli par le sourire du moine qui l'aida à s'asseoir sur sa couche. Il avait faim, il avait soif. Il dévora le pain, engloutit le brouet à grand bruit et vida la cruche d'eau coupée de vin. En essuyant sa bouche du revers de sa manche, il se sentit transformé, vivant. Gerbert demanda que l'on prépare la mule et quelques provisions. Il ressentait l'urgence de se rendre dans une petite église dédiée à saint Sigismond. Ce roi, ayant occis son premier fils pour l'éloigner de la succession, avait pu surmonter ses remords et trouver la rédemption. C'est ce même seigneur qui avait fondé le monastère d'Agaune où Gerbert avait refusé de connaître ses origines. L'ancien religieux espérait que dans un lieu sacré qui avait le roi burgonde pour patron, il saurait se pardonner et recouvrer sa dignité : ainsi seulement pourrait-il enseigner pour le progrès de l'humanité, aux hommes et aux femmes, créés également. Gerbert partit pour Larressingle.

En chemin, il se rappela sa folle chevauchée alors qu'il venait de quitter le monastère de Luxeuil. La claustration et le renoncement au monde l'avaient tenu à distance de la gent féminine. C'est pourtant une femme qui avait donné la vie à chacun de ses confrères. Comment ne pas élever au plus digne statut celle qui donne la vie ? Sa propre vie ? Gerbert sourit en pensant que ce n'est ni Dieu ni Christ qui enfantent. Le moine, par essence, ignore tout de la vie au quotidien. Peu après avoir croisé quelques jacquets escortés d'un cavalier en armes, il se fit la remarque qu'il n'avait pas vu de femme cheminer vers la Galice. L'orage éclata, une pluie grasse, lourde s'abattit sur la région ; la terre ruisselait partout où la déclivité lui permettait de filer. Le monde entier grondait autour de Gerbert. Quand le soleil revint, l'homme sut qu'il marchait vers la lumière.

Sur la butte, la chapelle se laissait voir de loin. Lorsque Gerbert pénétra dans le sanctuaire, il fut immédiatement enveloppé par les rondeurs de l'édifice, caressées par une lumière douce sur la pierre beige. Il perçut le courant d'eau purificateur, signalé par la présence d'un puits, qui vivifiait le lieu. Il retrouva les psaumes de la *laus perennis* qu'il chantait à Luxeuil et qu'il laissa renaître dans sa gorge. Une chaleur voluptueuse envahit son corps et son âme, mais son cœur battait comme un marteau frappant l'enclume. Le défroqué se souvint d'avoir déjà éprouvé, simultanément, ce bien-être de l'esprit et la douleur aiguë d'une épée qui transperçait ses chairs. C'était à Agaune, auprès des reliques de Sigismond. Il continua de psalmodier tout doucement. Les vibrations du chant dans sa poitrine eurent pour effet d'apaiser son tourment ; il se sentit porté dans un flux d'abondance, de plénitude ; il s'abandonna à l'étreinte maternelle qu'offrait le chœur en cul-de-four de la chapelle de Larressingle.

Gerbert comprit le conflit intérieur qu'il avait éprouvé. L'eau et les arrondis des voûtes magnifiaient l'énergie féminine de la déesse-mère ; la dédicace à saint Sigismond, le roi guerrier infanticide, stimulait l'énergie masculine. S'il s'en était senti mal, c'est que, en ce lieu comme en beaucoup d'autres, ces forces s'opposaient, alors qu'il eût fallu les harmoniser. Une fulgurance s'imposa : à Agaune, Sigismond avait procédé dans les faits à un bouleversement de l'ordre divin en inversant les polarités. D'un site sacré féminin et guérisseur où étaient choyées les Nymphes et célébrée la déesse Hygie, il avait fait un lieu viril par la présence exclusive de moines voués, en plus, au culte de soldats martyrs.

Ce fut une révélation pour l'écolâtre que cette nécessité d'équilibrer ces énergies non point antagonistes, mais complémentaires. « Hommes et femmes, il les a créés à sa ressemblance », pensa-t-il. Le féminin et le masculin forment un tout, l'unité. Le manant d'Archambault enseignerait sans distinction aux hommes et aux femmes, mêmement porteurs de la force de vie. Il sortit de la chapelle en homme debout ; il avait trouvé la voie de l'équilibre, inenvisageable il y a peu. Son passé l'avait amené ici et maintenant pour s'ouvrir à cette connaissance. Il avait été, il est désormais et il sera, afin de servir l'œuvre, dans l'harmonie.

CHAPITRE 14

Il convIENDRA DE VALIDER CES ÉLÉMENTS par des méthodes plus académiques – notamment en vérifiant chaque source –, mais Maryse, au réveil, peut déjà compter sur les données de *Wikipédia* : le premier mari de Mathilde de Bourbon est rentré de croisade en 1193 et ils ont divorcé en 1195. Gerbert serait donc né dans ces années-là. Mahaut s'est remariée en 1196 avec le seigneur de Dampierre. Si ce dernier avait été le père de l'enfant, il n'y aurait pas eu de raison de l'exiler ou, tout au moins, les parents l'auraient-ils rappelé. Quant au trône des Capétiens, il était occupé par Philippe II dit Philippe Auguste, qui régna de 1180 à 1223. Il était, lui, rentré de la troisième croisade, très affaibli, le 27 décembre 1191. Maryse ajoute toutes ces dates sur sa grande feuille de papier.

C'est ce qu'elle résume à Jacques et Philippe qu'elle a invités à dîner à la maison, car le Tourangeau helvétique va prendre la route le lendemain samedi, son mandat étant terminé.

– Moi, je vois bien le tableau, commence Jacques : pour se requinquer, Philippe Auguste s'offre un petit séjour à la campagne, à Bourges, dernier de ses fiefs avant les possessions anglaises des Plantagenêts. Il rend visite à sa fidèle vassale, dame Mathilde, au château de Bourbon l'Archambault. La soirée se prolonge en week-end et hop ! ils deviennent amants. En l'absence du mari de la belle, ça roule. Pour moi, pas l'ombre d'un doute, le père de notre Gerbert est le roi Philippe Auguste.

– Tu as vu juste, Maryse, le lien avec Gerbert d'Aurillac, c'est Reims, donc les Capétiens, donc Philippe II.

– Et il est tout à fait plausible, poursuit Maryse, que Philippe Auguste se soit rendu à Bourges, ne serait-ce que pour inspecter les remparts et la tour fortifiée circulaire dont il a ordonné l'édification avant de partir pour Jérusalem. Achevée en 1189, cette tour alors novatrice a servi de modèle pour la Grosse tour du Louvre construite en 1200. On peut encore en voir le socle monumental, je vous y emmènerai.

Bon, ça, c'est une chose. Mais je vous signale qu'il a déjà un fils illégitime connu, Pierre

Charlot, né vers 1205. Il n'était certainement pas à une incartade près, ce d'autant que la situation avec sa propre femme était extrêmement compliquée.

– Cela justifierait l'éloignement de l'enfant car, bâtard de Bourbon et du royaume de France, Gerbert ne pouvait être reconnu héritier ni de l'un ni de l'autre, reprend Jacques, bouillonnant. Et puis le fait que peu après, Mathilde Ire ait épousé Guy de Dampierre, un homme de la garde rapprochée du roi : j'y vois une reconnaissance du souverain, une manière d'accroître le pouvoir de la dame et de la laver de tout opprobre. Et comme par hasard, leur fils aîné, Archambaud VIII de Bourbon, a reçu ensuite la garde de l'Auvergne de Philippe Auguste en personne… Pendant ce temps, Gerbert le bâtard étudiait tranquillement les arts libéraux à Luxeuil. Il est cependant probable qu'il ait bénéficié tout au long de sa vie de la générosité et de la protection du roi de France et de la lignée des Bourbons.

– Raison pour laquelle le secret de sa naissance a été transmis à Agaune, poursuit Maryse. Ce monastère *nullius diœcesis* dépend directement du pape depuis sa fondation. Normal qu'un roi s'adresse à un abbé qui ne relève que du pape. Y avait-il un lien particulier entre le septième roi capétien et l'abbaye, dite *royale* au demeurant ?

– Je retiens quand même que le divorce d'avec le premier mari a été diligenté sans dommage pour l'aimée de Philippe II, ajoute Bétonnet. Et s'ils avaient vécu une vraie histoire d'amour ?

– J'adore travailler avec vous, ironise Maryse en débarrassant la table, vous êtes aussi délirants que romantiques ! Il n'empêche qu'on tient un sacré scoop : deux pages inconnues du carnet de Villard de Honnecourt cachées en Gascogne par l'enfant illégitime de Philippe Auguste et Mahaut de Bourbon, c'est chaud !

– J'ai l'impression que si Gerbert avait su qui étaient ses parents, il aurait probablement subi un sort similaire au masque de fer. Il a dû être élevé par des paysans dans l'anonymat total avant d'être envoyé au monastère.

– Hypothèse intéressante, Philippe, c'est vrai qu'on entre rarement au couvent avant dix ans. À cet âge-là, je ne connais guère que Suger qui fût offert comme oblat à l'abbaye de Saint-Denis.

La sonnette de l'appartement rue Gambetta retentit, ce qui fait sursauter les convives. « Tu attends quelqu'un ? » demande Philippe. Alors que Maryse embrasse l'homme qui vient d'entrer, Jacques ajoute d'un ton goguenard : « N'oublie pas que les trois mousquetaires étaient quatre. » « Je vous présente mon compagnon Charles Baudouin, paléographe au CNRS. C'est à lui que j'ai confié les deux folios à étudier », dit Maryse innocemment. « Et alors ? » font les deux enquêteurs d'une même voix.

« Nous avons rédigé cet après-midi le certificat d'authenticité, établissant que les deux pages de parchemin que vous avez trouvées sont de la main de Villard de Honnecourt, confirme Charles avec solennité. Mais il ne s'agit pas de folios "manquants" de son carnet comme nous le connaissons aujourd'hui, et ceci, pour deux raisons. La première, c'est évidemment que le coffret qui les contenait a vraisemblablement été scellé dans le mur de l'abbaye au moment de la construction, soit au XIIIe siècle. La seconde, c'est que ces pages ne portent aucune trace de reliure quelle qu'elle soit, elles n'ont donc jamais été assemblées et n'ont jamais fait partie d'un carnet de 41 feuillets tel que décrit au XVe siècle. Des pages volantes, si vous préférez, ce qui rend la découverte encore plus exceptionnelle. Villard de Honnecourt s'en serait lui-même séparé peu de temps après avoir exécuté les dessins. Les quatre faces ne comportent ni annotation d'une autre main ni retouche postérieure faite à la mine d'argent. Du 100% authentique ! Le maître les aurait offertes à un hôte ou un confrère. Il est difficile d'imaginer qu'il les ait perdues ou qu'il se les soit fait voler lors d'un voyage, mais cela reste envisageable. »

– Gerbert, moine ordonné à Luxeuil, aurait-il assailli nuitamment l'architecte sous une porte cochère pour lui dérober les prestigieux folios ? envisage Jacques.

– Toujours aussi romanesque ! En revanche, reprend Maryse, on peut imaginer que Villard ait offert ces documents à son hôte, lequel aurait aussi accueilli Gerbert. Compte tenu des liens entre l'archidiocèse de Besançon et Lausanne, il nous faut regarder du côté de l'évêché.

– Le lien, c'est le dessin des bœufs et le char à roues cloutées, intervient Philippe. Cette scène se déroule à Lausanne, comme nous l'avons supposé. Gerbert assiste à ce transport, fasciné par tant d'ingéniosité, et s'en ouvre à son hôte, à l'évêché, lequel lui montre les dessins que le Picard lui a offerts. Le halage des pierres jusqu'à la cathédrale n'a pas duré des années, c'est donc que Villard et Gerbert ont vu et admiré le même événement à quelques mois, quelques semaines, voire quelques jours d'intervalle.

– Tu fais fort, Tourangeau, dit l'historienne, mais ne serait-il pas grand temps de fêter cette découverte ? Allez, champagne maintenant !

On se congratule jusque tard dans la nuit, en ressassant à l'envi les moindres détails de l'aventure, et les hypothèses les plus extravagantes jaillissent des esprits dans une ambiance joyeuse et fraternelle. Maryse Séailles est très heureuse d'avoir pu donner la nouvelle de l'authentification des folios comme cadeau de départ à Tourangeau l'ami du trait, grand inventeur à Bustier-lès-Minorbes.

« Charles, je souhaite que nos trois noms soient toujours associés à cette découverte », conclut Philippe avec humilité.

~ ∞ ~

Après un brunch tardif, Maryse et Charles s'installent face à l'écran de l'ordinateur, bien décidés à faire parler les chapiteaux. D'un commun accord, ils visionnent tout d'abord le chapiteau baptisé *Tubal Kong* par Jacques et Philippe. Au centre, un forgeron extrêmement poilu, il est vrai. Il semble que la corde ou la ceinture qui entoure sa taille soit dénouée. En bas à gauche, un buisson ou plutôt un petit arbre qui porte des fruits, un buis, une branche de gui ou simplement une représentation abstraite de l'arbre de vie ? Juste en dessus, les deux scientifiques notent la présence d'un oiseau au plumage finement ciselé. Son pendant à droite est une spirale aux belles proportions sur laquelle des losanges sont piqués à intervalles réguliers, neuf pour être exact.

– Attends un instant. Maryse fouille dans son disque dur et ouvre deux fichiers JPEG. Regarde, c'est la même volute que sur le coffret et la porte de l'abbaye. Et… un, deux, trois… il y a chaque fois neuf losanges.

– On a assez de copains qui ont travaillé sur la symbolique des nombres, on se plongera dans les bouquins plus tard. Mais la première signification qui me vient à l'esprit, dit Charles, c'est la fin de quelque chose et le début d'autre chose. Mort et renaissance également.

– Je te suis. Ça me rappelle mes planches maçonniques, qu'est-ce que j'ai creusé la symbolique des nombres à l'époque !

– Tu es décidément la reine de la digression. Revenons à l'image.

– Non, mais attends ! Cette spirale nous dit que le chapiteau représente le forgeron qui a réalisé les ferrures de Bustier, mais aussi le coffret. Or, le cheveu coincé dans la charnière s'est révélé être un poil de singe.

– Le forgeron est donc un singe, rit Charles, comme l'avait fait Jacques à réception des analyses. Sérieusement, sur les chantiers du Moyen Âge, comme on sait, le singe, c'est le maître. Le sculpteur a voulu spécifier qu'il s'agissait d'un maître-forgeron, ce n'est pas plus compliqué.

– OK, je note tes arguments. Et juste à côté, le personnage qui fait l'angle est un moine, on le reconnaît à son capuchon. Puisqu'il porte la maquette de l'église, c'est donc le maître d'ouvrage, le commanditaire, peut-être même « l'appareilleur », puisque le mot architecte n'est utilisé que depuis le XVIe siècle.

– Reviens zoomer sur la taille du forgeron. Merci. La ceinture est effectivement dénouée. Il se serait libéré de ses attaches, affranchi de quelque chose ? propose Charles.

– Sauf que, dans l'imagerie romane, on voit des singes la corde au cou ou plus ou moins ficelés qui représentent l'homme redevenu singe, incapable de maîtriser son animalité, condamné à poursuivre à quatre pattes. Le nœud étant ici défait, cela signifierait *a contrario…* que le singe est devenu homme. Tu te rends compte, Charles ?

– Je crois, ma chérie, qu'il est temps de prendre un bon café et raison garder. Il est impossible qu'un singe soit devenu homme et, de surcroît, forgeron. Le singe cordé représente aussi la matérialité. Il faut donc y lire la possibilité de transformation, respectivement d'élévation de l'homme. Le forgeron serait issu d'un milieu rustique qui, par la maîtrise de l'art de la forge, serait devenu un maître, un exemple pour les autres. Pour ce qui est du travail manuel, mais également sur le plan spirituel.

– Tu veux un Ristretto ou un Roma ?

– Un Volluto, mon préféré !

– Évidemment, se moque Maryse, *what else* ?

Ils emportent leurs tasses sur la petite terrasse entre les toits. Maryse exprime son embarras. Il y a, dans cette histoire, des points tout à fait concrets et scientifiques, comme les murs à l'abandon de la petite abbaye du XIIIe siècle et les folios de Villard de Honnecourt, mais aussi des faisceaux d'indices invérifiables ou inconcevables. Elle cite l'étrange nom du prieur qui n'apparaît nulle part, le message crypté et son sceau alchimique, le singulier personnage du singe ainsi que le voyage à Lausanne. Et puis les origines incroyables du héros – bâtard du roi de France, ce n'est pas rien – au sujet desquelles l'histoire est muette. Charles, très philosophe, conclut : « Comme toujours, sur le chemin de la connaissance, nous ne comprenons que ce que nous sommes capables de comprendre. Mais, lorsque votre découverte sera rendue publique, d'autres personnes – historiens ou passionnés – apporteront leur pierre à l'édifice en donnant leur propre interprétation. Peut-être qu'un jour on aura la clé. »

Pour s'aérer la tête, Maryse et son partenaire choisissent d'aller marcher dans la campagne et reportent l'étude du deuxième chapiteau.

CHAPITRE 15

GERBERT RAMENA LA MULE À L'ÉCURIE, passa prendre sa besace dans sa cellule et quitta le monastère en empruntant le sentier qui longeait la rivière en direction du village. Sa première visite fut pour le barbier qui le rasa avec une lame plus tranchante que l'épée des martyrs et tailla ses cheveux. Voyant que l'homme hésitait, Gerbert lui signifia qu'il était temps de couper la tresse qu'il tenait nouée dans sa nuque tant elle était longue. Il l'enroula autour de sa paume et la mit dans son sac. Ses pas le menèrent ensuite jusqu'à la forge où il trouva maître Tubal en train de façonner un compas, certainement sur commande du monastère. Constatant la finesse des bras de l'instrument, il s'en voulut d'avoir toujours considéré Tubal comme une brute tapant comme un sourd. Une fois l'objet terminé, le géant s'adressa à Gerbert.

– Il y a bien longtemps qu'on ne t'a vu dans le bourg, sois le bienvenu, maître Gerbert. J'ai quelque chose pour toi.

Son immense main noire enveloppa les frêles doigts blancs de l'écolâtre.

Les deux hommes passèrent dans la cuisine attenante à l'atelier. Tubal saisit sur une étagère un ballot ficelé d'un lacet de cuir, qu'il posa sur la table devant Gerbert. Il versa de l'eau coupée de vin dans les gobelets et s'assit face au défroqué.

– Cela fait deux printemps que Coco a pris la route, commença Tubal. Il avait réalisé son chef-d'œuvre, c'était le moment d'aller travailler sur d'autres chantiers et de transmettre. Je suis fier de lui. Il a accompli tant de choses, mais surtout compris que l'ouvrage n'est jamais terminé. La mère et moi l'avons conduit jusqu'aux champs. Je me rappelle que des oiseaux se sont envolés en piaillant du bosquet d'acacias. Nous l'avons suivi jusqu'à ce qu'il disparaisse à l'horizon ; il marchait vers l'orient, là d'où vient la lumière. Mon regard n'a pas quitté le sac volumineux qu'il portait sur le dos. Pas une fois il ne s'est retourné.

– Quel était son chef-d'œuvre ? demanda Gerbert.

– Je ne sais pas, il ne me l'a pas montré. Il travaillait la nuit. Je tendais l'oreille pour deviner ce qu'il réalisait, car je connais chaque note de la mélodie des forges. Je sais seulement que le travail était d'une grande finesse. Coco est parti avec son secret. Montrant l'enveloppe de peau ficelée, Tubal ajouta : Il m'a demandé de te remettre ce présent.

Gerbert défit le nœud du lacet, déplia les rabats de cuir. Sous ses yeux apparurent une équerre et un compas qu'il détailla avec respect et admiration. La charnière du compas était constituée d'un serpent semblable à celui de la fermeture du coffret forgé pour lui, mais cette fois il était refermé sur lui-même, se mordant la queue tel l'ouroboros. L'équerre était ornée d'une délicate spirale dont Coco avait fait sa marque de fabrique. Sur l'autre face, une inscription estampée : JOHANNES DE CAÏN FECIT FILIUS TUBAL.

« L'équerre permet de contrôler la rectitude. Seul l'homme droit peut connaître la verticalité, avait déclaré Coco. À propos du compas, il tenait à ce que je te dise : "Fais à ta mesure, mais donne pleine mesure à ce que tu fais." »

Tubal n'ajouta rien, respectant ainsi le silence dans lequel Gerbert était plongé.

Le défroqué prit ensuite la direction du pont, s'appuya au parapet et regarda en contrebas vers l'Abrençon. Mathilde et Austreberthe tapaient, roulaient et rinçaient le linge, en bavardant et en riant. Il aperçut Rosan, perché sur le monolithe, en train de s'amuser avec des morceaux de bois et des cailloux. Gerbert resta immobile, goûtant la paix de l'instant. Son cœur était léger. Soudain, l'enfant aperçut la silhouette sur le pont.

« Maître Gerbert ! Maître Gerbert ! » cria-t-il en sautant du rocher. Il courut vers l'homme.

Mathilde et Austreberthe levèrent les yeux et se réjouirent de la visite de leur beau sire. Lorsqu'elles eurent terminé de plier les draps et de remplir les panières, elles rejoignirent l'homme et l'enfant installés sous le frêne. Sur le parchemin, le doigt de Rosan suivait avec application les courbes des dessins, le lièvre, le singe acrobate, mais aussi les lignes de la fenêtre ogivale et pointait énergiquement chaque mot écrit entre les images. L'écolâtre se leva et salua, comme à l'accoutumée, les gentes dames.

– Je suis Gerbert d'Archambault. Toutes les aventures que je vous ai contées relataient toujours des tranches de ma propre vie. Je n'ai pas voulu vous tromper, mais j'avais honte de moi, confronté à mes défaillances et à mon incompréhension des difficultés du monde. Le jour où vous avez lavé mes guenilles avec le plus grand respect, je me suis fait le serment de ne plus voler, de ne plus mentir et de faire le bien.

Il plongea la main dans sa besace et en sortit les cheveux enroulés.

« Cette tresse que je t'avais demandé de nouer, Austreberthe, devait me rappeler chaque jour ma promesse. Le barbier vient de la couper car, grâce à vous deux, gentes dames, je n'en ai plus besoin. »

Gerbert jeta la longue tresse dans les flots de la rivière. Tous la regardèrent s'éloigner comme un serpent entre les pierres.

« Et maintenant, si nous parlions de l'école au village ? Mes deux premiers élèves ne sont-ils pas présents ? »

Un mouvement d'allégresse souleva Austreberthe, Mathilde et Rosan qui firent une ronde autour de l'écolâtre, laissant éclater leur joie. Reprenant son souffle, Mathilde raconta qu'elle avait parlé avec le père d'Ayneau, lequel suivait l'enseignement de Gerbert à l'abbaye en qualité d'ouvrier sur le chantier. « Cette panière est pour lui, ajouta-t-elle, passons le voir à l'auberge. » Le tavernier proposa la petite salle à l'arrière de son estaminet pour y *pratiquer l'escole*. Elle disposait d'une entrée indépendante. Quelques tables branlantes et crasseuses ainsi que deux tabourets trônaient dans la pièce qui n'avait sans doute pas respiré d'air frais depuis des mois. Le professeur ouvrit la fenêtre, Austreberthe et Mathilde se proposèrent pour récurer le sol et le mobilier.

– Combien demandes-tu ? questionna Gerbert.

– Ce que tu donnes à nos enfants a plus de valeur que tout l'or du monde, répondit l'aubergiste.

À l'évidence, il ne se rappelait pas avoir jeté jadis un seau d'eau fétide sur la tête du maître affalé le long de la façade pisseuse de sa pinte.

CHAPITRE 16

Le pays Philippe Chaillou a repris maillet et ciseau sur un chantier en Suisse romande et Jacques de Bétonnet travaille sur la présentation du dossier pour les Monuments historiques et le ministère. Lors de leur dernier point sur Skype avec Maryse, ils ont émis le souhait que le folio de Villard qui comporte le croquis du halage des dalles vers la cathédrale soit offert au musée historique de Lausanne, situé dans l'ancien évêché. Le deuxième parchemin, où l'on voit les dessins du singe acrobate et du lièvre notamment, serait déposé provisoirement à l'abbaye de Flaran qui abrite depuis les années 2000 le centre de conservation départementale du patrimoine et des musées du Gers. Par la suite, après restauration de l'abbaye, il trouvera une place d'honneur à Bustier avec le coffret de fer, la lettre et le sceau de Litté de Lumy.

Les archives de Saint-Maurice et Luxeuil n'ont pas d'information répertoriée concernant les demandes de Maryse, mais les deux institutions mettent volontiers à disposition tout le matériel dont elles disposent à quelqu'un qui souhaiterait effectuer des recherches personnelles. L'historienne s'y attendait.

Les « trompettes d'Aïda » résonnent dans l'appartement.

– Allô ? Salut, Nicolas. Des nouvelles ? Tu as pu dégager quelque chose de cet échantillon de peinture ?

– Plutôt des bonnes nouvelles, Maryse. C'est un mélange de noix de galle du chêne et de pigment de guède, ce qui explique la couleur bleu intense. La datation nous situe dans la première moitié du XIIIe siècle.

– Le pastel en Occitanie, ce n'est pas plutôt aux XIVe et XVe ?

– Tu le sais mieux que moi, mais pour ce qui est de sa provenance, la souche est située dans la Somme, ce qui nous aiguille sur la guède de Picardie commercialisée au XIIIe siècle à Amiens.

– C'est exact, la guède, ou *waide* en picard, a fait la fortune des Amiénois, notamment parce que les Capétiens ont adopté le bleu comme couleur de la royauté. C'était un produit de luxe ; l'abbaye avait des moyens importants, semble-t-il.

– Ma chère Maryse, ça n'est pas tout. J'ai reçu de tes ex-collègues parisiens un échantillon d'encre prélevé sur parchemin, avec pour référence M. Séailles. Tu vois de quoi il s'agit ?

– Oui, bien entendu, j'avais complètement oublié. C'est l'encre du message du prieur Litté de Lumy, trouvé dans un coffret. Cette encre a des reflets bleutés. C'est aussi de la *waide* de Picardie ?

– C'est effectivement de la guède. Mais pas de Picardie, de provenance locale, figure-toi. On trouve également des traces de noix de galle pour le noir.

– Mais tu veux dire, Nicolas, que le pastel aurait été cultivé dans la région de Minorbes, un siècle avant Albi ? Ça, c'est inédit.

– Il semblerait que tu aies fait une sacrée découverte, Maryse ! Quoi qu'il en soit, je t'envoie mon rapport par courriel.

– Donne-moi aussi celui de l'encre, mais s'il te plaît ne fais pas suivre à Paris l'info pour la peinture, je compte sur toi.

– Ça marche, Madame la conservatrice, tiens-moi au courant.

Maryse raccroche, sous le choc. Du bleu de guède à Minorbes, plus de cent ans avant le célèbre pastel occitan, c'est effectivement une découverte passionnante. Mais pourquoi n'en a-t-elle jamais entendu parler ? De plus, elle pensait que l'encre bleue au XIIIe siècle était uniquement fabriquée à partir de poudre minérale, cobalt ou lapis-lazuli. Puis son esprit revient sur les Capétiens et elle s'exclame :

« Avant saint Louis, c'est Philippe Auguste qui a adopté le bleu ! »

Elle se précipite sur son clavier pour envoyer un message à Jacques et Philippe, puis compose le numéro de Charles.

« Tu ne me croiras jamais », fanfaronne-t-elle lorsqu'il décroche.

~ ∞ ~

Jacques arrive de Toulouse en fin de matinée. Il retrouve Maryse et Charles en ville pour l'apéritif. Un collègue de la direction régionale des affaires culturelles a effectué des recherches dans le but d'attester la culture de la guède au XIIIe siècle, mais n'a rien trouvé. Les producteurs de bleu à Lectoure n'ont pas non plus connaissance d'une fabrication de pastel régionale à l'époque.

– C'est dommage, on aurait dû planifier un petit tour à Bustier, déplore la médiéviste. Charles n'y est jamais allé, et puis on aurait pu voir les chapiteaux *in situ*.

– Eh bien, figure-toi que j'y ai pensé, dit Jacques en secouant son trousseau. J'ai pris la clé du chantier.

– T'as quand même des étincelles de génie, rit Maryse. Et si on déjeunait chez Bernadette à Minorbes ?

– J'appelle ma logeuse préférée. Pendant notre séjour avec Philippe, elle s'est occupée de nous comme une mère. Mais je lui dis qu'on est pressés cette fois-ci !

~ ∞ ~

À la lumière de la puissante torche LED de Maryse, Charles découvre pour la première fois la crypte de Bustier. Elle éclaire le chapiteau *Tubal Kong* que tous trois détaillent sur la base de l'approche que le couple a esquissée. Ils conviennent de procéder à des prélèvements car, si le chapiteau de gauche était peint, celui-ci devait l'être aussi.

– Je ne serais pas étonnée de trouver du rouge. Le motif est actif, situé sur la colonne de droite ; il représente donc l'énergie solaire, masculine, développe Maryse.

– Forcément, sourit Jacques, puisque le chapiteau de gauche comporte du bleu, il est lunaire, passif et féminin. Tu vois, j'ai encore quelques belles réminiscences des instructions maçonniques !

– Vous avez tout juste, je distingue clairement des traces de rouge, dit Charles en tendant les jumelles à sa compagne.

– Tu as piqué les jumelles dans ma boîte à gants ?

– Bien sûr, Maryse, elles ne t'auraient servi à rien dans la voiture, répond-il en se moquant de la petite taille de l'historienne.

– Je te déteste !

– Et si on passait au chapiteau du *couronnement* ? suggère Jacques en rigolant.

Sur la droite, un saint Michel aux ailes déployées, immobilisant le dragon comme il se doit. Il tient une couronne au-dessus de la tête du personnage de gauche et l'adoube de son épée flamboyante. L'homme est celui sur lequel la couleur bleue a été prélevée ; il est debout devant une écritoire, on discerne bien le livre et peut-être un calame.

– Que vois-tu du haut de ton mètre quatre-vingt-dix ? lance Maryse, jumelles à la main.

– Une plante torsadée qui habille toute la hauteur de l'angle gauche, spécimen que je n'ai encore jamais vu sur un chapiteau roman, répond Charles, concentré. Et tout au sommet, un crâne.

« J'étais ce que tu es, tu seras ce que je suis », enchaîne du tac au tac un Jacques inspiré, « l'impermanence des choses, la transformation. »

– Bien joué ! De mon côté, dit la Condomoise, je remarque que le personnage adoubé a les pieds à l'équerre, c'est un sage, un initié.

Les quatre investigateurs férus de symbolisme passent encore par la salle du chapitre où a été trouvé le coffret et Maryse se fend d'un petit laïus sur les empreintes de ferrures en spirale de la porte de l'abbaye. Charles est aux anges et sent qu'il fait désormais vraiment partie de l'équipe. Il prend le volant pour le trajet du retour. La voiture longe un magnifique bosquet d'acacias à l'instant où s'y pose un corbeau croassant, puis rejoint la départementale. Au carrefour, il remarque une vieille croix celtique qui aurait bien besoin d'être redressée.

~ ∞ ~

Maryse distribue les tirages sur papier photo et chacun s'installe à sa guise, Jacques privilégiant chaise et table puisqu'il s'est approprié le poste de secrétaire. Livre, calame et écritoire sont identifiés avec précision. Maryse reprend sur sa tablette le message du prieur : « Gerbert d'Archambault est écolâtre pour les moines et les villageois. » Jacques, Charles et Maryse s'accordent sur l'identité du personnage de gauche sur le chapiteau : à l'évidence, c'est Gerbert.

– Pourquoi est-il vêtu de bleu, un bleu intense fait de guède de Picardie ?

– Parce que, comme son père, il aime le bleu ! coupe Jacques, en riant.

– Qu'est-ce que tu insinues ? demande Charles, perplexe.

– Bienvenue dans le monde de notre ami Bétonnet, Charles. Je décode pour toi : comme c'est Philippe Auguste qui a instauré le bleu comme étendard royal, ce penchant, s'il était héréditaire, serait un indice de plus en faveur de notre hypothèse, à savoir que Gerbert est son fils, c'est ce que tu voulais exprimer, Jacques, n'est-ce pas ?

– S'il faut absolument établir un lien avec le roi, repris Charles très calmement, il y a sur ce chapiteau rien de moins que le saint protecteur des Capétiens, Michel. J'ai lu récemment un travail excellent sur le sujet. Il y était notamment précisé que Louis VII désespérait d'avoir un héritier mâle. Lorsque celui-ci lui fut enfin accordé, le souverain plaça le nouveau-né, Philippe, directement sous la protection de l'archange, le faisant baptiser bien sûr dans la chapelle Saint-Michel du palais royal. Qu'en dites-vous ?

– Là je suis scotché, dit Jacques, je ne savais pas.

Maryse n'avait pas non plus fait le rapprochement, tout absorbée par le personnage mystérieux. Elle enchaîne, obnubilée par son bleu, avec une nouvelle idée. Après avoir pianoté sur sa tablette, elle affiche une planche botanique qu'elle montre aux autres.

– Charles, est-ce que cette plante pourrait être celle du chapiteau ? Tu as dit qu'elle était torsadée ; or, la description morphologique stipule que feuilles et hampes florales sont implantées en spirale sur la tige.

– À première vue, elle lui ressemble, en effet. Quelle est la plante que tu as trouvée ?

– Ces très jolies fleurs jaunes appartiennent à *Isatis tinctoria*, la guède, surnommée « crucifère mythique », j'adore ! Si elle est représentée à son côté sur le chapiteau, c'est que Gerbert a un lien direct avec elle : c'est lui qui l'a fait venir d'Amiens et c'est peut-être aussi lui qui a fabriqué les pigments puis fait cultiver la plante dans les champs de l'abbaye, raison pour laquelle il est vêtu de bleu. Et son bleu n'est pas – ne t'en déplaise, Jacques – le même que celui de Philippe Auguste !

– Maryse, reprend Charles, sais-tu s'il y avait un *scriptorium* à Bustier ? L'enluminure de manuscrits serait une excellente raison de créer une encre bleue d'exception.

– À ma connaissance, il n'y en avait pas, on n'a en tout cas jamais identifié un antiphonaire de Bustier. Mais la découverte de cette encre de fabrication locale change complètement l'angle de nos recherches : il faut aller chercher ce bleu intense dans les manuscrits potentiellement exécutés dans la région, puis analyser l'encre. C'est de la folie, ton truc, Charles, c'est immense.

– Et compte tenu des accointances de Gerbert avec la royauté, les travaux de Bustier peuvent avoir été commandés par n'importe quel prince en Europe, s'enthousiasme Jacques. Et d'ajouter sur un ton péremptoire : Le passé était au « bleu de Chartres », l'avenir appartient au « bleu de Bustier ». J'ai dit !

– Tu inventeras ce que tu voudras dans ton thriller médiéval, mais revenons sur terre. Si nous trouvions ne serait-ce qu'un seul manuscrit enluminé dont le bleu serait de Bustier, cela orienterait les recherches sur la probabilité d'un *scriptorium* dans cette petite abbaye. Cette découverte, Jacques, tu pourrais la vendre aux agences de voyages culturels de toute l'Europe ! Reprenons le texte du coffret, suggère ensuite l'historienne, puisqu'on ne connaîtra pas la vérité sur sa naissance...

– Sauf si on tombe sur son squelette et que l'on compare son ADN avec celui des descendants des Capétiens et des Bourbons, enchaîne Charles.

– À vous de lever les fonds pour ratisser tout le canton, Dr Baudoin ! Donc, je disais : la vérité, nous nous en sommes peut-être approchés, on verra si on en fait état dans le dossier de présentation. Je lis ensuite « Il a marché, il a gravi. *Corona aurea* ». Cet homme a cheminé, en passant notamment par l'humiliation, il s'est élevé jusqu'à être couronné d'or ; c'est un initié, on le voit à sa coiffe.

Maryse poursuit : « Saint Michel, une couronne, l'or, le bleu, c'est une allusion du commanditaire du chapiteau à la royauté de Gerbert, ou si vous préférez, un clin d'œil à Philippe Auguste ! »

– Royauté temporelle et sacerdotale dans ce cas, ajoute Jacques. Couronne à double titre puisqu'on lit encore que « l'effort procure la couronne ». Gerbert d'Archambault avait la royauté temporelle dans le sang et la sacerdotale, il l'a acquise par le travail accompli pendant son incarnation. Si on accepte cette hypothèse, elle validerait derechef la lecture du sceau proposée par Philippe : *Travaille et tu découvriras les choses en or*. La couronne, c'en est une, mais quel serait l'autre truc en or ? Quoi qu'il en soit, le prieur Litté de Lumy semble être un initiateur, celui de Gerbert du moins.

– Tout ça tient fort bien, dit Maryse. Qu'en penses-tu, Charles ?

– Ce serait lui qui porte la maquette sur le chapiteau de droite : prieur, initiateur et bâtisseur, ça fait sens. Le bâtisseur est celui qui fait élever les murs de l'édifice, qui crée le lien entre terre et ciel, définition somme toute de l'initiation. L'imagier rend hommage aux deux personnages qui se sont élevés grâce à l'enseignement de Litté de Lumy : le forgeron qui s'est transformé, qui a dompté son animalité et le défroqué-écolâtre humilié qui a enseigné aussi bien aux moines qu'au bas peuple, synthétise Charles. La réalisation dans les faits du message du sceau. Tu le qualifiais, Maryse, d'alchimique ; c'est bien cela puisqu'il y a transformation de métaux vils en or.

– Où vois-tu l'allusion à l'or sur le *Tubal Kong* ? demande Jacques.

– En haut à gauche, l'oiseau dont le plumage est finement ouvragé présente une queue étalée, c'est donc un coq. Et vous le savez aussi bien que moi, le coq est un symbole éminemment solaire puisqu'il annonce le retour de la lumière. Et le soleil, c'est l'or.

– Les girouettes de clochers sont bien souvent dorées, ajoute Maryse. Nous l'avons, notre or ! On pourrait aussi se contenter de la position du chapiteau sur la colonne de droite, solaire par essence.

– À propos de soleil, et si on allait se faire une terrasse ? suggère Charles. Mon esprit est largement nourri, mais ma matière crie famine.

CHAPITRE 17

LE TAVERNIER MOBILISA LES VILLAGEOIS. On débita des troncs pour faire des sièges et on consolida les tables ; on vint blanchir les murs à la chaux ; on porta deux lanternes et des chandelles ; on empila du bois de chauffe ; on nettoya et l'on cira ; on remplaça les carreaux opaques de la fenêtre afin de laisser entrer la lumière.

Le jour de l'inauguration arriva. Maître Gerbert se présenta vêtu d'une robe d'un bleu intense qui fascina la foule. Personne n'avait jamais vu une couleur aussi dense et lumineuse, à part peut-être dans le ciel. La plus ébahie était Austreberthe, qui avait entendu le drapier du nord évoquer la pâte de Picardie commandée par l'écolâtre. Gerbert était donc parvenu à fabriquer son pigment bleu et l'avait utilisé pour teindre son vêtement. Le regard de la jeune fille se perdit dans la profondeur de cette couleur. Le frère qui accompagnait le maître déposa son ballot près de la porte, puis Gerbert prit la parole pour saluer les villageois et accueillir ses premiers élèves. C'est à ce moment-là que le galop d'un cheval se fit entendre. Tous se retournèrent. Le cavalier rabattit la capuche qui lui cachait la face et descendit de sa monture. « Pardonnez mon retard, maître Gerbert », déclara Litté de Lumy. Il vit la joie envahir le visage du manant d'Archambault qui n'espérait plus le retour du prieur pour ce jour si important. Plus que jamais l'homme rayonnait. Sa voix trembla un peu lorsqu'il appela ses premiers écoliers.

– J'invite Rosan, Austreberthe, Nadau, Elusa et Sèrgi à s'approcher de frère Mathieu.

Un murmure d'admiration courut sur la place lorsque la lavandière et les quatre enfants se virent remettre par le moine un sarrau « aussi bleu que le ciel ». Chacun le passa sur ses habits. Ils reçurent ensuite une tablette de cire et un stylet en os, puis s'alignèrent au côté du maître. À ce moment, la foule explosa en un tonnerre d'applaudissements et de vivats. Gerbert croisa le regard de Litté de Lumy : il lui sembla y lire l'approbation et la joie. « Et maintenant au travail ! » lança l'écolâtre en faisant signe à ses ouailles d'entrer dans la salle. Un villageois demanda tout haut : « Mon père, n'allez-vous pas donner la bénédiction pour l'ouverture de l'école ? » Gerbert se figea, il n'avait pas pensé à cela. Litté de Lumy répondit en souriant : « Ce lieu d'apprentissage existe par la volonté des femmes et des hommes du village ; il doit être ouvert à toutes et à tous. En enseignant à lire et à écrire, maître Gerbert exprime une foi puissante, sa foi en l'être humain et sa capacité d'amélioration. Votre école ne dépend pas de l'Église. »

~ ∞ ~

Le prieur accueillit Gerbert en lui donnant l'accolade, puis l'invita à s'asseoir. Les rayons du soleil entraient généreusement par la fenêtre ; les deux hommes étaient également éclairés. Litté de Lumy prit la parole.

– Afin de donner pleine mesure à ce qui germait en vous et que vous étiez en passe de réaliser, vous deviez être seul pour parcourir les derniers pas avant l'accomplissement. Ces circonstances m'ont donné l'opportunité d'effectuer le voyage auquel j'étais invité depuis longtemps. De votre côté, s'il y a bien une chose qui ne vous soit pas familière, c'est le réseau de communication des ordres monastiques. Malgré l'apparente immobilité des reclus priants que nous sommes, l'information circule relativement vite et de façon fiable. J'ai eu connaissance régulièrement de l'avancée de vos travaux et il m'a même été relaté la mine transcendée que vous affichiez au retour de Larresingle. Nous sommes seuls sur notre propre chemin et personne ne peut faire le travail à notre place. Certaines étapes génèrent en nous l'épouvante, provoquent des douleurs intenses mais, maintenant vous le savez, maître Gerbert, le franchissement de ces portes nous apporte la paix intérieure et procure la joie, cette joie intense que j'ai perçue émanant de votre être le jour de l'inauguration de l'école.

Gerbert, qui avait tant maudit Litté de Lumy de s'être évaporé alors que son édifice vacillait, baissa les yeux et balbutia un « j'ai fait de mon mieux », ravalant avec sa salive le besoin de reconnaissance qui l'avait affaibli. Le prieur se leva et s'approcha de la fenêtre.

– Je constate que la guède se plaît dans notre jardin. Nous l'avons évoquée au chapitre pendant lequel il a été rapporté que notre baume, auquel vous avez incorporé poudre de ses racines et macérations de feuilles, en a vu ses vertus cicatrisantes augmentées. Un mire de la région l'utilise aussi avec succès pour arrêter les saignements. Nous poursuivrons sa culture modestement, pour notre onguent, mais n'allons pas produire pour la teinture, bien que le bleu de votre vêtement soit une couleur fascinante. Le moine-bâtisseur vint se rasseoir. Le travail que vous accomplissez pour notre monastère est appréciable, Gerbert, nous vous en sommes reconnaissants. Cependant vous et moi vieillissons. Avez-vous songé à préparer votre succession ? À former vos meilleurs élèves pour enseigner à leur tour ?

– Vous déployez sagesse et force, l'abbé, répondit Gerbert en effleurant le compas de Coco qu'il portait toujours sur lui. Je dois encore apprendre à mesurer mes ardeurs, ajouta-t-il, comprenant qu'il n'y aurait pas de *scriptorium* dans l'enceinte monastique. Frère Mathieu sera bientôt prêt pour reprendre l'enseignement à l'abbaye et Austreberthe a la volonté d'assurer l'école au village. Ses progrès en écriture sont remarquables. Elle souhaite d'ailleurs consigner la chanson d'un manant bourbonnais qui, il y a très longtemps, fit escale à Minorbes...

– Fort bien, maître Gerbert, nous aurons donc une femme écolâtre et troubadour ! Je pressentais que Busetiez chamboulerait les usages, mais je ne l'aurais jamais imaginé à ce point. Ayneau et son père sont venus me parler. Le jeune désire être formé au métier de la pierre. Demain, les pierreux le recevront apprenti, *lapin* comme on dit sur les chantiers. Dans un an probablement, Rosan accédera au noviciat. La transmission est porteuse de fruits, nous avons fait, vous et moi, notre travail. Encore quelque chose, dit le prieur en sortant une bourse de dessous sa bure, lors de mon voyage, ceci m'a été donné pour vous, et notre modeste abbaye a été généreusement dotée.

Gerbert accepta comme il avait accepté à deux reprises déjà qu'un inconnu pourvût à sa subsistance. Et Litté de Lumy d'ajouter : « La Lumière s'infiltre par les interstices, par les fêlures ; elle ne passe pas à travers un mur soigneusement jointoyé. »

Les deux hommes se dirigèrent vers la chapelle. Gerbert remarqua immédiatement que la crypte était désormais couverte et que les maçons procédaient au dallage du chœur. Litté de Lumy se saisit d'une lanterne et précéda Gerbert.

– Il y a deux hommes qui auront marqué profondément l'édification de ce lieu sacré. J'ai voulu que leur souvenir soit illustré dans ces murs et qu'il soit porté par nos prières pour les siècles à venir. Litté de Lumy approcha la lanterne du chapiteau sud.

– Coco, s'exclama Gerbert, ou mieux Jehan de Caïn fils de Tubal, le singe devenu forgeron.

Lorsque le manant d'Archambault reconnut sa robe bleue face à l'archange sur le chapiteau nord, il se pétrifia. Le moine le regarda avec respect et obligeance.

– Mais... articula Gerbert, saint Michel est le protecteur des rois.

– ... de même l'archange est apparu dans la grotte de Gargan, sourit le prieur en s'inclinant.

Litté de Lumy s'effaça afin de laisser Gerbert sortir au jour le premier.

CHAPITRE 18

Maryse Séailles a mis des gants neufs pour ouvrir devant les caméras de télévision le coffret délicatement orné d'une volute au nombre d'or, trouvé dans la salle capitulaire d'une modeste abbaye du XIIIe siècle à l'abandon. Elle fait glisser le serpent de la fermeture pendant que le caméraman règle la focale pour un gros plan, elle soulève le couvercle et exhibe entre ses deux mains immaculées un fin étui de cuir lisse, noirci sur la majeure partie de sa surface, comme s'il avait été porté à même la peau. Les téléspectateurs du 20 heures découvriront un joli lièvre, un singe acrobate et leurs yeux s'arrêteront sur l'esquisse d'une haute fenêtre en ogive. Puis Charles Baudoin expliquera qu'il s'agit de dessins sur parchemin de la main de Villard de Honnecourt, du même format que son célèbre carnet, unique témoignage français de l'art des bâtisseurs au XIIIe siècle. Jacques de Bétonnet et Philippe Chaillou ont piloté les volets des reportages sur site à Bustier et commenté les chapiteaux de la crypte. Quelques séquences ont aussi été tournées à l'auberge médiévale de Minorbes. Pour la radio télévision suisse RTS, c'est évidemment Philippe qui a assuré le commentaire du second parchemin où figurent les bœufs halant le chariot jusqu'à l'église, laquelle est traversée par une rue entre le narthex et la nef. Croquis exceptionnel du chantier de la cathédrale de Lausanne, probablement vers 1225, réalisé de la main même du *magister latomus* picard.

Les quatre mousquetaires ont terminé la semaine, épuisés par leurs diverses prestations pour les médias télévisuels. Ils ont décidé de reporter les contacts avec la presse écrite, s'octroyant un petit congé à Paris à l'occasion de la diffusion de la nouvelle de leur découverte sur les grandes chaînes. Le sujet a été programmé lundi par les rédactions pour contrebalancer une actualité politique tendue. Charles et Maryse ont organisé un apéritif dînatoire dans la garçonnière de Charles, rue des Fontaines-du-Temple dans le IIIe, afin de vivre l'événement tous ensemble. Pour ne point déroger à la tradition instaurée par Bernadette à Minorbes, Jacques a apporté quelques bouteilles de vin sauvage du Gers et Philippe est arrivé de Suisse peu après 18 h avec du pâté en croûte de la boucherie de la Grand-Rue à Orbe et des crus de la cave des 13 Coteaux. Les retrouvailles sont chaleureuses ; on ne tarde pas à se congratuler mutuellement en dégustant les petits sandwiches de pain de mie « faits avec amour » par la néo-pensionnée. Il règne une ambiance de fête d'étudiants qui ont réussi les examens ; chacun y va de son anecdote avec les journalistes ; on décrit la solennité de Maryse ouvrant le coffret sous les projecteurs et on se répète les félicitations du ministre de la Culture.

– Vous croyez qu'on recevra la Légion d'honneur ? ironise Jacques en engloutissant un morceau de pâté.

– Au minimum, se moque Philippe, et il faudra savourer les médailles françaises, car la reconnaissance des édiles romands ne s'exprime que par une cordiale poignée de main !

– N'empêche que je ne m'imaginais pas commencer ma retraite dans une telle agitation, rit Maryse qui ne donne pas suite au *clong* signalant l'arrivée d'un message sur son portable.

– Quoi qu'il en soit, je suis heureux de vous avoir rencontrés, Philippe et Jacques, et c'est pour moi un privilège que d'avoir pu authentifier votre fabuleuse découverte, ponctue Charles en portant le verre de nectar vaudois à ses lèvres.

Son portable vibre dans sa poche et l'on entend biper le *smartphone* de Jacques.

– Tous nos amis nous manifestent leur soutien, semble-t-il, note encore Charles si fier, alors que le téléphone de Philippe sonne.

Il décroche puis blêmit.

– Allumez la télé, dit-il, bouleversé, Notre-Dame est en flammes.

~ ∞ ~

Les quatre amis ne peuvent décoller les yeux de l'écran et c'est en direct qu'ils voient la flèche de Viollet-le-Duc s'effondrer dans l'axe de la nef, crevant certainement la voûte de la cathédrale. Charles – décidé, comme les autres, à contempler l'horrible spectacle de ses propres yeux – précède Maryse et ses deux compères sur l'échelle des combles, et soulève la lucarne. À peine sont-ils parvenus sur le toit qu'un coup de vent les bouscule. Ils s'asseyent contre une cheminée et regardent la colonne de fumée jaune et gris qui s'élève de l'île de la Cité, « la tête, le cœur et la moelle de Paris ». La nuit tombante permet de distinguer le rouge du brasier qui dévore la charpente moyenâgeuse, la « forêt » comme elle est surnommée. Ils redescendent à l'appartement regarder les images en continu qui se succèdent sur tous les écrans. Apparemment les pompiers concentrent maintenant leurs lances sur les beffrois afin d'éviter que le feu ne les ravage. Les vitraux pluricentenaires des roses vont-ils résister ? Les protagonistes entendent d'un envoyé spécial que les saintes reliques ont été sauvées *in extremis,* information qui, toutefois, ne suscite aucune réaction autour de la table : la seule chose qui leur importe est l'édifice lui-même.

Après de longues minutes passées dans la sidération, Maryse, Charles, Philippe et Jacques retrouvent la parole et se resservent un verre.

– La plupart des cathédrales actuelles ont été bâties à la suite de l'incendie de l'église précédente, rappelle Maryse. On a vu dans notre enquête que la toiture et les verrières de Lausanne avaient été la proie des flammes en

1235 et Chartres ne serait pas la splendeur que l'on connaît sans l'incendie de 1194.

– Et si l'abbaye de Saint-Maurice d'Agaune n'avait pas été réduite en cendres en 1693, on saurait qui est Gerbert, complète Jacques.

– La force de l'homme a été de reconstruire, souvent plus grand et plus beau. C'est peut-être pour cela que l'on dit « le chantier n'est jamais terminé ». On entend souvent parler d'*édifices vivants* en évoquant les cathédrales, c'est justement parce que le travail ne s'achève jamais, ajoute Charles.

– Imaginez, il faudra remplacer une quantité incroyable de pierres, une à une. Surchauffées à de telles températures, elles sont juste bonnes à faire de la chaux, voilà. Ah, vraiment, ça te marque au cœur, dit Philippe, hébété.

– Il y aura les partisans d'une restauration à l'identique et les autres. Moi, je serais favorable à une reconstruction à l'aide de techniques contemporaines – une charpente métallique bien entendu – ainsi qu'un toit et une flèche en matériaux novateurs et style du XXIe siècle, comme les bâtisseurs le faisaient à l'époque, dit Jacques. Elle doit renaître, cette cathédrale, c'est sûr, mais transformée.

– On ne sait même pas encore si Notre-Dame va tenir, n'allons pas trop vite en besogne. Mais quand même, la chimère de l'alchimiste, elle a vraiment vécu l'œuvre au rouge !

Pourtant Maryse ne sourit pas. L'émotion et l'incrédulité s'entrechoquent dans sa tête.

Philippe quitte ses amis pour aller dormir à la cayenne et, passé minuit, la médiéviste prépare le canapé-lit pour Jacques. Charles opte pour une marche jusqu'à la cathédrale comme pour aller vérifier qu'il n'a pas rêvé. Maryse répond encore à quelques messages et va se coucher.

~ ∞ ~

Les jours suivants sont habités par l'incendie de Notre-Dame. Le monde entier a suivi en direct le brasier du monument légendaire et, très vite, des promesses de dons à hauteur d'un milliard d'euros ont été comptabilisées pour sa reconstruction. Charles et Maryse, accompagnés de Jacques, retrouvent pour un déjeuner les collègues qui leur ont donné un coup de main pour finaliser le dossier destiné aux monuments historiques, au ministère et à la presse. Chacun doit se résoudre à voir les folios médiévaux, le coffret au serpent et le message crypté des chapiteaux passer à la trappe de l'actualité. D'ailleurs personne n'a le cœur à reprendre la tournée des rédactions. Peut-être leur découverte fera-t-elle l'objet d'un entrefilet dans un journal local et qu'un documentaire sera réalisé dans quelques mois ? Il y a de fortes chances que l'on n'obtienne aucun financement de l'État et encore moins de fonds privés, ne serait-ce que pour les travaux urgents de conservation de l'abbaye de Bustier, et ceci pendant de longues années, certainement la durée de l'épineux chantier parisien. « Tout ira pour Notre-Dame », articule quelqu'un. On relève que demeurer dans l'anonymat après une découverte importante fait partie, pour les scientifiques, de l'apprentissage de l'humilité. Celle-ci est d'ailleurs inhérente à l'histoire des cathédrales : personne n'a jamais su le nom des charpentiers et des tailleurs de pierre. Tous ont œuvré pour l'œuvre, à une époque où la seule chose qui permettait à l'homme de s'élever était de participer à l'édification d'un lien sacré visible, vertical et audacieux, entre le ciel et la terre.

Bien entendu, la visite de Lausanne est maintenue, mais repoussée. Les découvreurs de Bustier-lès-Minorbes ont à cœur, grâce au manuscrit de Villard de Honnecourt, de rendre à la capitale vaudoise une part de son histoire. Philippe a appelé. Il est très occupé par la mobilisation générale en vue d'une éventuelle participation aux travaux de reconstruction de Notre-Dame, puisque les compagnons sont détenteurs du savoir-faire traditionnel des bâtisseurs. Il a longuement discuté au téléphone avec le pays Lamoisson, dit Berry le respect de la liberté, compagnon charpentier isolé dans son village de pêcheurs sur les rives du Léman et pour le moins remonté : « Ils veulent cinq cents charpentiers, bon dieu ! À l'abbaye de Westminster en 1253, au plus fort du chantier, ils n'étaient que trente-trois entre l'épure et le levage ! » Et Berry de conclure, survolté : « Aux infos télévisées, il n'y a eu qu'un défilé de gens en mal de reconnaissance, pas de *Bois-debout*, non, pas un seul compagnon charpentier ! Pire encore, le président de la République va apparemment imposer un militaire pour superviser les travaux. Tourangeau, tu as déjà vu un charpentier

diriger des armées ? Ça promet ! Je préfère raccrocher. Accolade, mon pays. »
La restauration de Notre-Dame fera encore des gorges chaudes, pense la médiéviste. Puis Philippe s'illumine : « Maryse ! Le coq a été retrouvé dans les décombres de la tribune nord, à peine cabossé. C'est miraculeux ! » L'historienne et le compagnon partagent la même pensée pour l'oiseau à queue étalée du chapiteau solaire de *leur* abbaye de Bustier qui restera certainement bien longtemps dans l'ombre, mais concluent sur une note vivifiante : aujourd'hui, bien que malmené, le coq encore annonce le retour de la lumière.

CHAPITRE 19

L'HOMME MARCHAIT SOUVENT en direction de la croix nimbée de Belanne où les chemins se croisent, sans laisser de trace, comme s'il effaçait en avançant la marque de ses pas. On l'apercevait longeant les champs près du muret de pierres, tantôt méditant sur un rocher. Sa barbe et ses cheveux avaient blanchi ; il s'appuyait désormais sur un bâton torsadé par le chèvrefeuille. Un matin, il s'était rendu chez Mathilde et lui avait laissé un pécule suffisant pour achever d'élever son fils et vivre dignement jusqu'à la fin de ses jours. Il lui avait simplement dit que s'il devait trouver un nom pour sa propre mère, il l'appellerait Mathilde ou Mahaut, tout comme elle. La lavandière avait juste posé sa main sur l'avant-bras de l'homme, elle avait souri. Rosan déboula en glapissant « maître Gerbert, maître Gerbert ! » et se serra contre lui. L'homme leur fit voir encore sur le parchemin l'attelage de bœufs qui hissaient les pierres vers le sommet de la colline ; l'ange aux ailes déployées qui tenait une épée; la fenêtre ogivale bellement tracée et le singe acrobate. Puis mère et fils suivirent du regard l'homme qui, lentement, remonta le cours de la rivière, sans se retourner.

Pendant des semaines, à force de recommencements, Gerbert avait travaillé la pâte de *waide* séchée, pilant, mélangeant, chauffant, oxydant, précipitant puis raffinant, ajoutant du sel de cuivre, du vin aigre et enfin le liant de gomme d'acacia. Il était parvenu à créer une encre d'un bleu intense et lumineux, stable sur le parchemin et fluide pour l'écriture. Il en avait rempli deux flacons. L'homme avait fait preuve d'opiniâtreté, sachant pourtant qu'il n'y aurait pas d'atelier d'enluminure à l'abbaye puisque telle avait été la volonté du chapitre. Il était cependant allé au bout de cette épreuve opérative de transformation, *solve et coagula*.

Parvenu au pont, à la hauteur de l'enclos des lavandières, il grimpa sur la Pierre-à-Gerzan comme il l'avait fait si souvent par le passé. Assis, le dos bien droit, les pieds réunis par les talons, il écarta les genoux, recréant ainsi le losange des anciens qui lui avait été expliqué à Autun. Il sentit le soleil réchauffer son corps maigre, il eut un goût de terre dans la bouche, les effluves montant de la rivière délectaient ses narines : il faisait un avec la nature environnante. Régénéré, apaisé, il se dirigea vers l'école, sa canne à la main. Austreberthe était en train d'écrire.

– Gente dame, soyez dûment saluée, dit l'homme en s'inclinant.

– Bon soir, notre beau sire, répondit la jeune femme en riant de ce rituel qu'ils n'étaient jamais parvenus à modifier.

Elle lui parla de ses nouveaux écoliers, des commerçants qui versaient quelques deniers, des sarraus qu'elle faisait confectionner, mais dont elle regrettait qu'ils ne fussent plus bleus comme le ciel. Gerbert l'interrogea sur l'avancée de sa chanson de geste, ce qui eut pour effet de rosir les joues de la demoiselle. Il choisit ce moment pour lui donner une fiole de son encre bleue, ainsi que la bourse bien rebondie qui lui permettrait d'acheter du parchemin de belle qualité pour achever son ouvrage. Ce n'est qu'une fois que l'homme eut repris sa marche vers le monastère qu'elle se rendit compte que la somme qu'il lui avait laissée lui permettrait

aussi de vivre dans la dignité, jusqu'à la fin de ses jours.
Gerbert d'Archambault longea le muret de pierres, caressa les mousses au bord de l'Abrençon, franchit la porte de l'abbaye en admirant les ferrures aux volutes fines et élégantes, chacune cloutée de neuf losanges, contempla longuement les murs du cloître, les colonnes aux chapiteaux historiés et la fontaine, puis enfin monta jusqu'à sa cellule. Il plaça l'étui de cuir dans le coffret forgé sur mesure, se saisit de la seconde fiole d'encre et se rendit auprès de l'abbé. Litté de Lumy prit congé du parlier venu l'informer de la progression des travaux et pria Gerbert de prendre place.

– Il est l'heure et nous avons l'âge, commença l'écolâtre. Vous m'avez donné de servir, accordez-moi maintenant de disparaître. Voici le coffret forgé par un singe devenu forgeron qui est à l'origine de mon profond retournement. Il contient les parchemins du Picard que j'ai volés à l'évêché de Lausanne. Je les ai fait voir autant que possible ; ils ont servi de modèles pour les écoliers ; ils nous ont été utiles. Je souhaite que, lors d'un prochain voyage ou si un moine de ces contrées se présentait ici, vous les restituiez aux chanoines de la cathédrale dans ce coffre.

– Où est votre compas, maître Gerbert ? La mesure vous a si souvent fait défaut. Vous n'avez pas volé les folios de Villard de Honnecourt, vous avez… Comment dire ? Vous avez, avec l'enthousiasme qui est le vôtre, anticipé le don que souhaitait faire le chancelier. Il espérait qu'à travers ces croquis, vous porteriez à d'autres le souvenir des ouvriers de Lausanne. C'est bien ce que vous avez fait, n'est-ce pas ?

– Je vous sais gré de cette nouvelle qui allège mon âme. Pourtant, je voudrais que ce dessin, qui explique comment les dalles romaines ont été halées jusqu'au parvis de la cathédrale, vienne témoigner, dans leur ville, du génie de ses bâtisseurs.

– Je ne puis vous le promettre, dit encore Litté, car ma santé ne me permettra certainement plus de parcourir le royaume, mais je ferai ce que dois.

Gerbert se leva et remit à l'abbé le flacon d'encre bleue qu'il avait fabriquée. Les deux hommes s'étreignirent longuement, puis Gerbert marcha vers la porte sans se retourner.

~ ∞ ~

On trouva maître Gerbert immobile sur sa couche, les yeux grand ouverts et sur les lèvres un sourire à peine esquissé, mais immensément doux. Il avait dû avoir une bien belle vision au moment de mourir. Litté de Lumy rédigea quelques mots à l'encre bleue, apposa son sceau et déposa le rouleau dans le coffret métallique. Il fit sceller le tout dans le mur de la salle capitulaire. « Servir et disparaître », se remémora-t-il.

Le moine-bâtisseur et guérisseur offrit au défroqué Gerbert d'Archambault une sépulture royale, entre les pierres, comme les anciens. Mathilde, Rosan à qui l'on avait donné la canne spiralée du maître, Austreberthe, le vieux forgeron Tubal Caïn et les villageois virent le corps de l'écolâtre dormir dans sa robe aussi bleue que le ciel, le compas et l'équerre à ses côtés. On raconta que, des années plus tard, verdirait en ce lieu un bosquet d'acacias.

CHAPITRE 20

PROFITANT D'UN RALENTISSEMENT sur l'A7 entre Bollène et Montélimar, les pensées de Maryse Séailles se focalisent sur le nombre incroyable de fois, tout au long de l'enquête, que les villes helvétiques de Saint-Maurice et Lausanne ont été mentionnées. La Suisse est le pays d'origine de son grand-père maternel qui, à la fin du XIXe siècle, avait tenté sa chance comme métayer sur les routes de France pour s'arrêter et faire souche en Armagnac. C'est pour ces raisons que la médiéviste – peut-être en mal de sa propre histoire – a décidé de quitter Condom quelques jours avant la cérémonie qui doit avoir lieu au musée de Lausanne. Elle veut profiter de ce voyage en Pays de Vaud pour se rendre à Château-d'Œx, village où sont nés ses ancêtres Morier.

Ayant annoncé sa venue au conservateur, c'est lui qui la reçoit au musée du Vieux Pays-d'Enhaut. Elle découvre, dans une vitrine de la première salle, en entrant à gauche, une statuette de bois qui ressemble à s'y méprendre à une vierge noire vermoulue, mais surtout les reliques de saint Donat. Alfred Heinchot lui raconte que l'église de la Motte, sur la colline où se trouvait naguère une tour de garde, était dédiée à saint Donat. La visite se poursuit par les objets du quotidien de cette vallée alpestre, ainsi que par l'exceptionnelle collection de découpages que possède le musée. L'historienne écoute le conservateur d'une oreille, mais son esprit vagabonde : Donat, le filleul de Colomban, était l'évêque de Besançon dont dépendait le diocèse de Lausanne et il s'est chargé de son administration entre 630 et 650. Il est dit que Donat introduisit l'évangile dans les alpes de ce diocèse. Un peu comme Colomban et sa suite qui installaient leur campement dans des vallées reculées ?

Maryse n'écoute plus, elle se contente de quelques « oui, oui, bien sûr, c'est passionnant », mais elle visualise Donat évangélisant au Pays-d'Enhaut les rares populations de ces alpages jamais romanisés. Phrase qu'elle s'amuse à reformuler de façon jouissive : dans ces contrées restées fidèles aux cultes celtiques, Donat est venu raviver la lumière ancestrale de la tradition, réimportée sur le continent depuis l'Irlande par le moine-druide Colomban.

L'historienne se souvient que saint Colomban est souvent représenté portant un livre fermé, parfois de couleur verte, le vert étant la connaissance de ce qui est caché, ou arborant un soleil sur la poitrine, mais aussi flanqué… d'un ours tout comme ses acolytes, ermites voyageurs, saint Gall ou saint Ursan. Elle n'oublie pas non plus que l'apôtre des Gaules, saint Martin de Tours, avait un ours pour porter ses bagages jusqu'à Rome. A-t-il dompté l'animal ou jugulé l'ancien culte païen ? Quoi qu'il en soit, songe-t-elle, saint Martin est fêté dans la chrétienté le 11 novembre, date symbolisant le début de l'hibernation du plantigrade. Quant à saint Ursin, premier évêque de Bourges où Philippe Auguste se serait rendu avant de présenter ses hommages à Mahaut de Bourbon, eh bien… il est fêté le 9 novembre.

– Quel jour sommes-nous ? demande abruptement Maryse.

– Samedi 9 novembre, pourquoi ? répond monsieur Heinchot.

– C'est juste que notre remise du manuscrit aura lieu lundi, donc le 11 novembre… Euh… Vous serez des nôtres, n'est-ce pas ?

– Avec joie, madame la conservatrice.

À l'issue de la visite du musée, Alfred Heinchot accompagne Maryse jusqu'à la maison de ses ancêtres, à l'angle de la place et de la Grand-Rue, où vivaient ses arrière-grands-parents Victor et Louise Morier. Ils vont ensuite manger un plat du jour juste en face, à l'Auberge de l'Ours, ce qui amuse profondément Maryse. Elle ne peut cependant s'ouvrir à son confrère, elle lui donne simplement rendez-vous lundi à Lausanne. Sur la route du retour vers la capitale vaudoise, les « trompettes d'Aïda » claironnent de son *smartphone* : c'est Philippe qui l'invite à dîner chez lui, l'occasion de rencontrer son épouse Elisa. Il pilote la Française jusqu'à Agiez, au pied du Jura. Le couple et leur invitée ne tardent pas à discuter à bâtons rompus, comme s'ils se connaissaient depuis toujours. Maryse n'hésite pas à confier le trouble qui l'a assaillie à Château-d'Œx.

– Il a fallu que je me décide à aller sur les traces de mes ancêtres pour retomber sur Colomban que j'ai mentionné à plusieurs reprises dans notre enquête, sans toutefois trouver de lien avec Gerbert d'Archambault. Du coup, j'ai eu le sentiment qu'un message du maître du monachisme irlandais m'était destiné, mais lequel ? En plus, il y a cette date du 9 novembre qui marque la fin de quelque chose par accession à l'épanouissement.

Dans un ouvrage, le symboliste Léonard Ribordy explique ceci : « Neuf étant le dernier de la série des nombres avant l'accomplissement, il annonce à la fois une fin et un recommencement, c'est-à-dire une transposition sur un autre plan. » Autrement dit, le 9 ouvre la phase des transmutations et, de par son tracé spiralé vers le bas, exprime « la fin d'un cycle, l'achèvement d'une course, la fermeture d'une boucle ».

– En réfléchissant à ces nombres 9 et 11, poursuit l'historienne, je me suis également aperçue qu'ils encadrent le 10. Tu es d'accord avec moi, Elisa, c'est magique : le 9 est une complétude, le 10 est le renouveau puisqu'il est le retour à l'unité augmenté de l'expérience des neuf premiers nombres et le 11 n'est autre que 1+1 qui font 2 donc le commencement d'un nouvel univers... puisque 1 s'est divisé pour créer le 2. Et notre cérémonie au musée historique est justement le 11. Que va-t-il nous arriver lundi ?

– « Fais ce que dois, advienne que pourra », dit la devise, n'est-ce pas ? C'est évident, continue Elisa, que votre découverte sera enfin connue du grand public. Mais compte tenu de votre sérénité depuis avril, je ne vois pas très bien comment cela pourrait bouleverser vos vies.

– Ne te fais pas de bile, Maryse, renchérit Philippe. On va tout simplement faire la une des journaux et passer à la télé, voilà ! À ce propos, j'ai eu un appel du réalisateur de la RTS venu à Bustier au printemps. Il va remonter un petit sujet pour le téléjournal. Et pour ton information, je viens lundi accompagné du dernier compagnon reçu de la cayenne, ainsi que son parrain, Hervé Lamoisson, le charpentier compagnon fini dont je t'ai parlé à Paris. Nous porterons cannes et couleurs. Mais j'y pense : son nom de baptême est Berry le respect de la liberté. C'est amusant, non ?

La médiéviste, comblée par tout ce qui arrive, accuse un petit coup de fatigue après le délicieux flan caramel d'Elisa Chaillou et reprend la route de Lausanne. Elle profitera du dimanche pour rendre visite à la « Bourguignonne », le chef-d'œuvre gothique des bâtisseurs en terre vaudoise.

~ ∞ ~

Charles arrive de Paris à 11 h 37, accompagné d'un agent de sécurité ainsi que du précieux parchemin, du coffret de fer et de la lettre cachetée de Litté de Lumy qui vont être exposés dans les locaux de l'ancien évêché pendant plusieurs semaines. Jacques de Bétonnet rejoint les bords du Léman via Lyon dans l'après-midi, porteur de tous les documents officiels encadrant la donation. Enfin, Philippe et ses deux pays apparaissent sur le parvis de la cathédrale portant cannes et couleurs, ces larges sautoirs en ruban de soie rouge et liserés blancs, posés sur l'épaule droite et noués sur la hanche gauche. Maryse trouve qu'ils ont fière allure et inspirent le respect, revêtus tous trois du largeot demi-ballon et du coltin de molesquine, pantalon et veste traditionnels des compagnons. Ses yeux pétillent en constatant que les deux tailleurs de pierre sont en blanc, alors que le charpentier est tout de noir vêtu, selon la tradition de leur corporation respective. « Et pourtant, dans la vie, rien n'est jamais noir ou blanc, il faut toujours trouver un entre-deux ! » philosophe-t-elle.

La conférence de presse et la cérémonie de remise de la page manuscrite de Villard de Honnecourt au musée historique de Lausanne, en présence des autorités municipales et cantonales et d'un parterre d'universitaires et de passionnés, sont un succès. Philippe Chaillou, compagnon tailleur de pierre des Devoirs unis, Maryse Séailles, ancienne conservatrice au musée de Cluny, dont les origines vaudoises ont été dûment rappelées, et Jacques de Bétonnet, directeur régional des affaires culturelles pour l'Occitanie, se voient décerner la Médaille d'or de la Ville de Lausanne pour leur apport sans précédent au patrimoine historique de la cité. Ils reçoivent également le Prix de la « Fondation Vaud – Histoire et Culture », doté d'un montant de 50 000 francs. Cette somme restera dans le canton, puisque les découvreurs lauréats souhaitent à leur tour couronner, tous les trois ans, l'excellence d'un apprenti achevant sa formation dans les métiers de la restauration des monuments historiques.

– Le miracle du 9 et du 11, murmure Philippe à l'oreille de Maryse, tu vois que nous ne sommes pas les mêmes qu'hier, nous sommes transformés et entamons quelque chose de nouveau !

Très émue, l'historienne parvient tout de même à sourire. Elle note l'étrange position des doigts du compagnon sur le pommeau de sa canne et fait, selon sa logique profane, le lien avec la manière dont les tailleurs de pierre tiennent et guident leur ciseau. C'est sans doute une allusion à ces gestes, pense-t-elle. Les allocutions ont été nombreuses, certaines un peu trop longues. Chacun se réjouit de l'apéritif qui va suivre immédiatement les salves d'applaudissements. Mais les héros du jour n'ont pas encore terminé leur travail, passant tour à tour des caméras aux micros des journalistes, pendant que Charles assure les relations publiques. Un groupe d'amateurs éclairés assaille Berry de questions sur l'incendie de Paris.

– La *forêt* de Notre-Dame sera-t-elle reconstituée à l'identique ?

– Il y a deux possibilités, répond le charpentier : soit il sera redonné à Notre-Dame une architecture qui permettra aux énergies de continuer à circuler, ou alors on rafistolera tout simplement le bâtiment pour attirer les touristes.

Le *Bois-debout* est certain que le choix sera politique et doute que les bâtisseurs initiés soient consultés.

– Selon vous, quelle pourrait être l'origine de l'incendie ?

Hervé Lamoisson marque un silence en se grattant la barbe.

– Sur un chantier à Chamonix, j'ai vécu un incendie lors de la pose d'une étanchéité à chaud, sur un double toit. Les sections étaient assez importantes et le bois bien vert, mais ça n'a pas empêché le départ de feu. Ça va très vite, vous savez. L'hypothèse que l'incendie de Notre-Dame puisse avoir été provoqué par des soudures sur le revêtement de plomb de la toiture, c'est tout à fait plausible. Elles auraient surchauffé le platelage de bois de la sous-couverture, pardon, c'est un peu technique, je veux dire les lames sur lesquelles repose le plomb. Sous la flèche, le bois était très sec et de faible section ; il y avait également des passerelles sur les voûtes pour les ouvriers. Et puis, souvenez-vous, il soufflait ce soir-là sur Paris. Mais saura-t-on un jour ce qui s'est vraiment passé ?

Il répond encore à quelques interrogations sur ces sociétés initiatiques que sont les compagnonnages, sur les boucles d'oreilles que portent certains compagnons ainsi «jointés», ou sur la signification des cordelettes à pompons qui se croisent sept fois sur leur canne. Visiblement, Hervé prend plaisir à cet exercice subtil qui consiste à expliquer sans dévoiler.

Laissant le charpentier prêcher de son côté, il est déjà tard lorsque les mousquetaires se regroupent enfin, un verre de grand cru Ville de Lausanne à la main.

– Vous voyez que l'alchimie, ça marche, puisque nous avons obtenu l'or ! blague Jacques en agitant la médaille. Litté de Lumy était totalement visionnaire avec son message « Travaille et tu découvriras les choses en or » : la première est donc la couronne obtenue par Gerbert au XIIIe siècle et la deuxième chose, c'est cet or que nous venons de recevoir au XXIe !

– La preuve que nul n'est prophète en son pays et que la recherche de la vérité traverse les siècles, assène Charles, ravi pour ses amis.

– Nous avons reçu un inestimable salaire, dit Maryse.

– Mais qui disait que le travail n'est jamais terminé ? enchaîne Tourangeau l'ami du trait.

Précédée du conservateur, une femme portant un cartable s'approche de leur groupe. Il semble à Maryse que ce visage ne lui est pas inconnu.

– Messieurs-dames, permettez-moi de vous présenter madame Henriette Godel, professeure au gymnase de la Cité, juste à côté.

– Henriette ? C'est bien toi ? interroge Jacques de Bétonnet.

– C'est bien moi. Vous m'avez connue sous mon nom de jeune fille Henriette Noirmourin. Bonsoir, Maryse, ou plutôt madame la conservatrice, salut, Jacques. Bonsoir à vous tous et bravo !

On s'embrasse, on trinque et on se tutoie. Henriette raconte qu'elle a consacré son travail de licence à une chanson de geste anonyme de la seconde moitié du XIIIe siècle, intitulée *La ballade du beau sire*. Le manuscrit est en langue d'oc, l'idiome vernaculaire du Gers. À la lecture du texte de présentation sur le carton d'invitation du musée, elle a exhumé son mémoire et a été bien obligée de constater une grande concordance entre les deux contenus : la chanson évoque un écolâtre berrichon, détenteur d'un précieux parchemin qu'il montrait aux lavandières en leur racontant les très riches aventures de Gislebert.

– Je vous en ai fait une copie à tout hasard, dit-elle en sortant une enveloppe de son cartable.

– À tout hasard ? Mais, Henriette, c'est totalement incroyable ! Peut-être que tu détiens la clé de toute cette histoire.

Maryse prend délicatement le fac-similé et se place sous un meilleur éclairage. Philippe et Jacques se penchent avec elle sur la page avant de s'écrier de concert :

– L'encre est bleue ! C'est l'encre du message de Litté de Lumy ! L'encre de Gerbert !

– Ce n'est pas exact, le nom du beau sire est Gislebert, corrige Henriette.

– Gislebert ou Gerbert, c'est bien la même chose, triomphe Jacques, ta chanson a été écrite avec l'encre de *waide* de Gascogne, elle est bleue du bleu de Bustier. Mais vous vous rendez compte ?

– Sans doute n'y a-t-il jamais eu de *scriptorium* à Bustier mais bien, semble-t-il, un troubadour épris… du côté de Minorbes. Une femme ?

Le conservateur se permet de mettre fin aux exclamations sonores des héros du jour. Il souhaite que tout ce beau monde se rende au restaurant pour dîner malgré l'heure avancée. Le gardien se chargera de fermer les vitrines et d'activer le système d'alarme. La joyeuse clique passe devant le portail de la cathédrale récemment restauré, sous les yeux du roi David qui, depuis l'aube du XXe siècle, arbore les traits fatigués du célèbre reconstructeur de monuments historiques, l'architecte Eugène Viollet-le-Duc, mort et enterré dans la capitale vaudoise. Encore quelques pas avant que tous n'arrivent à la porte du Lapin Vert. « *Le lièvre qui détient la connaissance* », disent en chœur les trois amateurs de symboles. Maryse, Tourangeau et Jacques rient de leur belle complicité. Sous la lune, au sommet de la flèche de la tour lanterne, le coq d'or brille.

TABLE DES MATIÈRES

TABLE DES MATIÈRES

Achevé d'imprimer en janvier 2025 sur les presses
de Corlet Imprimeur à Condé-en-Normandie.

ISBN 978-2-940718-43-6.
N° d'imprimeur : 24120337